# RODERIC JEFFRIES

*Labyrinth der Leichen*

ROMAN

**SCHERZ**

Einzig berechtigte Übertragung aus dem Englischen
von Anneli von Könemann
Titel des Originals: »A Maze of Murders«
Umschlaggestaltung: Adolf Bachmann
Umschlagbild: August Macke/AKG, Berlin

1. Auflage 1998, ISBN 3-502-51651-0
Copyright © 1997 by Roderic Jeffries. Veröffentlichung mit der
Genehmigung von Harper Collins, London.
Alle deutschsprachigen Rechte beim Scherz Verlag,
Bern, München, Wien
Gesamtherstellung: Ebner Ulm

# 1

Als langsam wieder das Leben in ihn zurückkehrte, kam es Sheard so vor, als habe man ihm nicht nur den Kopf gespalten, sondern außerdem den verfaulten Inhalt eines Mülleimers in seinen Mund entleert. Er öffnete die Augen, nur um an eine Decke zu starren, die so niedrig hing, daß er schon glaubte, sie wolle ihn zerquetschen. Er wimmerte, als er sich verzweifelt bemühte, sich von dem Ort, an dem er sich befand – wo immer das auch sein mochte –, dorthin zu bewegen, wo er hinwollte – wo immer das auch sein mochte. Sein Kopf stieß gegen etwas Nachgiebiges. Trotz der zusätzlichen Schmerzen, die er sich dadurch zuzog, drehte er seinen Kopf so weit, daß er sehen konnte, was er da berührt hatte.

Ein Paar Füße.

Nach einer Weile gelang es ihm, sich auf einen Ellbogen aufzustützen. Die Füße gehörten zu einer jungen Frau, die ein Paar limonengrüne Hosen trug und kaum die Hälfte der Sitzbank einnahm. Weil sie auf dem Rücken lag, konnte er das Muttermal unter ihrer linken Brust genau sehen. Das Muttermal erinnerte ihn an irgend etwas, doch er war noch zu benommen.

Er blickte nach rechts. Auf dem Boden lag noch eine junge Frau. Sie hatte gar nichts an. Er konnte sich nicht länger halten und brach zusammen. Es sah vielleicht wie der Himmel aus, doch es war die Hölle. Er schloß die Augen und schlief ein. Er kam wieder zu Bewußtsein, und trotz des anhaltenden unerträglichen Schmerzes in seinem Kopf und trotz des abscheulichen Geschmacks im Mund, spürte er eine ungewöhnliche Wärme an den Beinen. Er schob sich hoch und sah an seinem nackten Körper hinunter. Von den Hüften abwärts lag er in hellem Sonnenlicht. Mit den Augen folgte er dem Lichtstrahl durch eine Tür und sah Handläufe, einen Fahnenmast und strahlend blauen Himmel.

Der Fahnenmast gab seiner Erinnerung einen Schubs.

Lewis hatte Kirsty und Cara als erster entdeckt. Er war mit Neil über die Promenade spaziert, als sie die Mädchen sahen, die einer Pantomime zusahen. Lewis hatte ein Gespräch mit ihnen angefangen, und nach einer Weile vorgeschlagen, in einem Café etwas zu trinken. Dabei hatte er Caras lässige Art ganz richtig als das gedeutet, was sie war: als einleitende Ich-bin-nicht-die-Art-Mädchen-für-die-ihr-mich-haltet-Pose.

Kirsty war freundlich gewesen, Cara hatte sich weiter gespielter Langeweile befleißigt, bis Lewis vorschlug, noch ein Glas zu trinken und dann mit seinem Motorboot über die Bucht zu fahren. Cara hatte ihn höhnisch einen Lügner genannt, der noch nicht mal ein Ruderboot besitze, dennoch hatte sie sie auf den Ostanleger begleitet, und als Lewis die *Aventura* als sein Boot auswies, war sie als erste an Bord gegangen.

Sie hatten abgelegt und waren mit Lewis am Ruder aus dem Hafen in die Bucht gefahren. Eine Zeitlang waren sie herumgefahren, hatten sich näher kennengelernt, und schließlich vor dem Hotel Parelona Anker geworfen. Im Salon öffnete Lewis einen Schrank und brachte zwei Flaschen Whisky zum Vorschein – eine fast leer, die andere voll – sowie vier Gläser und eine Packung Zigaretten. Cara warf jegliche Miene der Langeweile über Bord, und der Abend entwickelte sich nach den üblichen Regeln. Anfängliche Zurückweisung, symbolischer Widerstand, viel Gekicher. Doch dann verlief die Sache nicht mehr nach Plan . . .

Plötzlich wußte Sheard, daß ihm sehr schlecht werden würde. Er glitt zu schnell von der Sitzbank und mußte nach Halt tasten. Als sein Magen sich umdrehte, wurde ihm klar, daß er keine Ahnung hatte, wo die Toiletten waren. Da Not erfinderisch macht, taumelte er aus dem Salon an Deck und lehnte sich über die Reling, und ihm war viel schlechter, als er je für möglich gehalten hatte. Es dauerte eine Weile, bis er sein Elend einigermaßen überwunden hatte und die vor Anker liegende Jacht dreißig Meter weiter auf dem funkelnden Meer bemerkte, auf der zwei Männer und eine Frau lachten. Ihm fiel wieder ein, daß er nackt war.

Als er in den Salon zurückkam und sich auf das Ende der Sitzbank fallen ließ, rührte sich Cara und setzte sich auf. Sie starrte ihn an, mit blutunterlaufenen Augen und abgehärmtem Gesichtsausdruck, und sah älter aus, als sie zu sein vorgab. »Gott, fühle ich mich mies.«

»Nicht schlimmer als ich.«

»Woher zum Teufel willst du das wissen?« Sie legte eine Hand auf ihren Magen und bemerkte überrascht, daß sie nackt war. »Mir wird schlecht. Wo ist das Klo?«

»Ich weiß es nicht.«

Sie rappelte sich hoch, verlor das Gleichgewicht und griff Halt suchend nach Kirstys Hüfte. Kirsty stieß ein Geräusch irgendwo zwischen Grunzen und Weinen aus. Cara schaffte es bis zur Kajütentür.

Sheard lehnte sich zurück und schloß die Augen.

Cara kam zurück. »Das Klo ist am Ende des Flurs, aber ich krieg das verfluchte Ding nicht in Gang. Was soll ich machen?«

Er zuckte die Achseln.

»Ich kenne tote Hunde, die nützlicher sind als du.« Sie durchsuchte langsam die Kleider, die überall auf dem Deck verstreut lagen, und fand ihre Sachen. Sie zog Unterhosen, T-Shirt und hautenge Jeans an. »Meine Kehle fühlt sich an wie zugeschnürt.« Sie stolperte an Deck, griff nach den Handläufen und keuchte schwer.

»Was ist los?«

Kirstys Stimme erschreckte ihn so, daß er sich ruckartig umdrehte. Ein stechender Schmerz fuhr in seinen Kopf. »Sie braucht ein bißchen mehr Luft.«

»Das könnte dir auch nicht schaden, so wie du aussiehst. Ich sagte doch, wir sollten nicht so viel trinken.«

»Das habe ich auch nicht«, murmelte er.

»Wenn es nicht das Zeugs war, das es unmöglich gemacht hat, was war es dann?«

»Was war was?«

Sie kicherte.

Nur das Gefühl intensivster Lethargie hielt ihn davon ab, ihr zu sagen, wie dumm ihr Kichern klang.

Cara kam in den Salon zurück, tapste hinüber zu der Sitzbank an Steuerbord und ließ sich fallen. »Ich schwöre zu Gott, kein Tropfen mehr, und wenn ich hundertfünfzig werde.«

»Ich habe doch gesagt, ihr trinkt alle zuviel«, sagte Kirsty scheinheilig.

»Du nicht, oder wie?«

»Ich nehme an, Neil geht es noch schlechter als euch beiden?«

»Das hoffe ich doch verdammt noch mal.«

»Wo ist er?«

»Wen kümmert das?«

»Wir sollten ihn besser suchen, damit er uns zurückfahren kann.«

»Dann such du ihn, wenn du es so eilig hast.«

Kirsty kletterte von der Sitzbank, hob ihre Kleider vom Boden auf und zog sich an. Sie ging nach vorne, kam jedoch bald wieder. »Er ist nicht drinnen, also muß er draußen sein.«

Keiner sagte was dazu.

Sie ging an Deck, und sie konnten hören, wie sie zur Laufbrücke hinaufkletterte. Als sie zurückkam, klang sie besorgt. »Er ist nirgendwo zu finden.«

Sheard öffnete die Augen. »Das kann nicht sein.«

»Dann such du ihn.« Sie kam zur Sitzbank hinüber. »Los.«

»Warum?«

Sie packte ihn und zog ihn hoch. Fluchend setzte er die Füße auf den Boden und stand auf. Diese Mühe drohte eine neue Katastrophe nach sich zu ziehen, doch nachdem er mehrmals schwer geschluckt hatte, konnte er seinen Magen dazu überreden, nicht ein zweites Mal zu rebellieren. Er zog sich an.

Er überprüfte Ruderhaus, Abtritt, Vorderschapp und Laufbrücke. Als er wieder in den Salon kam, sagte er: »Du hast recht.« Er setzte sich.

»Was ist dann mit ihm passiert?«

»Nun hör auf, dich aufzuregen«, fuhr Cara sie an. »Er ist an Land gegangen.«

»Warum?«

»Weil er es wollte.«

»Wie ist er dorthin gekommen?« fragte Kirsty.

»Wenn er nur halb so toll ist, wie er glaubt, ist er zu Fuß gegangen.«

»Ohne Klamotten, und das, während alle Leute aus diesem piekfeinen Hotel und von den anderen Booten zugucken?«

»Das würde ihm gefallen... Und überhaupt, woher willst du wissen, daß er splitternackt war?«

»Seine Kleider liegen noch da.« Kirsty zeigte mit dem Finger auf die Sachen.

Auf dem Boden verstreut lagen ein Hemd, Slip, Jeans und Sandalen.

»Ohne seine Kleider kann er nicht an Land gegangen sein«, sagte Kirsty.

»Wenn er nicht auf dem Boot ist, muß er gegangen sein.«

»Warum sollte er so was machen?«

»Woher soll ich das wissen? Mann, du machst meine Kopfschmerzen zehnmal schlimmer. Kannst du nicht den Mund halten?«

»Angenommen, er ist über Bord gefallen? Das könnte sehr gefährlich sein. Verstehst du denn nicht?« insistierte Kirsty.

»Doch. Du gehst mir verdammt auf die Nerven.«

»Wenn er verschwunden ist, müssen wir es melden.«

»Ich halte dich nicht zurück.«

Kirsty wandte sich an Sheard. »Bring uns zurück.«

»Sieh mal, falls wir –«

»Los«, rief sie.

Alles, was sie wollte, damit er nur seine Ruhe hatte. Er stand auf und wünschte, er hätte es nicht getan.

## 2

Das Hotel war eines der wenigen im Hafen, das noch in Familienbesitz war. Die Angestellten waren angenehm und hilfsbereit.

»Sein Schlüssel hängt am Brett«, sagte der Empfangschef mit schwerem Akzent auf englisch. »Er ist nicht in seinem Zimmer.«

»Würden Sie wissen, wenn er in der Nacht zurückgekehrt wäre?« fragte Kirsty.

Er schüttelte den Kopf. »Da müßten Sie mit dem Nachtportier sprechen. Er wird um sieben Uhr heute abend hier sein.«

»Das nützt uns nichts.« Vor lauter Sorge klang sie wütend. »Wir müssen mit der Person sprechen, die letzte Nacht Dienst hatte.«

»Er schläft. Vielleicht nach drei heute nachmittag –«

»Sofort!«

»Señorita, wenn ein Mann die ganze Nacht gearbeitet hat . . .«

»Es könnte sein, daß Neil etwas Schreckliches zugestoßen ist. Wir müssen wissen, ob er letzte Nacht hierher zurückgekommen ist und ob es ihm gutgeht.«

»Das ist etwas anderes. Ich rufe Miguel an und sage, warum ich ihn wecke. Einen Augenblick, bitte.« Der Empfangschef griff zum nächsten Telefon, hob den Hörer ab und wählte. Als die Verbindung stand, sprach er, hörte zu, sprach schneller und gestikulierte mit seiner freien Hand. Er sah auf. »Seine Frau weckt ihn auf. Das wollte sie nicht, aber ich erklärte, daß es nötig ist.«

Sie warteten. Als der Empfangschef wieder ins Telefon sprach, fragte Kirsty: »Was sagt er?«

»Ich weiß es nicht«, antwortete Sheard.

»Ich dachte, du sprichst Spanisch?«

»Er spricht Mallorquinisch.«

»O Gott! Ich hoffe, Neil kommt zurück.«

Er stimmte ihr zu, doch er hoffte es aus anderen Gründen. Seit sie im Hafen lebten, hatte er alle möglichen Vorkehrungen getroffen, um den Hafenbehörden aus dem Weg zu gehen. Falls Lewis wirklich vermißt wurde, würde er sich bei ihnen melden müssen.

Der Empfangschef legte den Hörer auf. »Miguel sagt, der Señor ist nicht zurückgekommen. Er ist sicher.«

»Vielleicht . . .«

Die beiden Männer sahen sie an und warteten.

»Er könnte einfach wiedergekommen und nicht in sein Zimmer gegangen sein, sondern zum Frühstück.«

Falls Lewis nur halb soviel gelitten hatte wie er selbst, dachte Sheard, dann war das Frühstück ausgefallen.

»Könnten Sie mal fragen, ob er hier gefrühstückt hat?« fragte sie.

Der Empfangschef nahm das zweite Telefon und sprach mit einem anderen Angestellten. Als der kurze Anruf erledigt war, sagte er: »Der Kellner kommt. Jetzt entschuldigen Sie mich bitte.« Er wandte sich an eine Frau, die an die Rezeption getreten war.

Sie warteten. Ein Kellner im »Look« des Hotels, mit am Kragen offenem weißem Hemd, schwarzen Hosen und rotem Kummerbund, kam zum Empfang und nach einem Zeichen des Empfangschefs auf sie zu. »Sie wünschen?« Er sprach nur sehr mühsam Englisch.

Sheard antwortete auf spanisch. Obwohl die Antwort offensichtlich war, bedrängte ihn Kirsty. »Und?«

»Er hat nicht gefrühstückt.«

»O Gott! Aber vielleicht ist er dann zu dem Hotel auf der anderen Seite der Bucht gefahren und spielt uns einfach einen Streich. Das wäre doch möglich, oder?«

Er war überrascht, daß sie nach so kurzer Bekanntschaft emotional derart aufgewühlt war und nach einem Strohhalm griff. »Das ist nicht gerade ein Hotel, wo man lässig gekleidet auftaucht. Und da seine Kleider noch an Bord waren . . .«

»Du mußt es herausfinden. Du mußt anrufen und fragen.«
»Ich glaube nicht –«
»Es spielt keine Rolle, was du glaubst. Wo gibt es hier ein Telefon?«
»Am besten suchen wir ein öffentliches.«
»Dann mach endlich und steh hier nicht rum.«

Als er ihr aus dem Hotel hinaus folgte, verschlimmerte der Kontrast zwischen dem kühlen Inneren und der Hitze und dem blendenden Licht draußen seine Kopfschmerzen. Er blieb abrupt stehen.

»Was ist?«
»Mein Kopf platzt gleich.«
»Vergiß das jetzt mal. Wohin?«
»Nach rechts«, murmelte er ärgerlich. Er folgte ihr über die breite Fußgängerzone, die einmal eine Straße gewesen und heute für die meisten ein Sinnbild des Mittelmeers war: gesäumt von Palmen, direkt an Sand und Meer, gespickt mit Tischen, an denen Menschen aßen und tranken, die von bunten Sonnenschirmen geschützt wurden.

Sie kamen zu zwei nebeneinanderstehenden öffentlichen Telefonzellen. Sheard hob den Hörer in der Zelle ab, die in die Richtung zeigte, aus der sie gekommen waren, warf eine Münze ein, wählte. Es kam keine Verbindung zustande, sondern die Münze verschwand im Inneren des Apparates, anstatt wieder ins Rückgabefach zu fallen. Er hatte nicht genug Energie, um zu fluchen. Er ging um die Zelle herum zur zweiten, und dieses Mal hatte er mehr Erfolg. Die Frau, mit der er sprach, sagte, kein Señor Lewis habe im Hotel eingecheckt und sie kenne niemanden dieses Namens.

Als er den Hörer auflegte, klang Kirsty bis aufs äußerste angespannt: »Was machen wir jetzt?«
»Ich weiß es nicht.«
»Das mußt du aber. Du lebst hier.«
»Sicher. Nur –« Er brach ab.
»Wir müssen zur Polizei.«

»Vielleicht sollten wir noch ein wenig warten...«

»Wo ist das Revier?«

»Ein paar Straßen weiter runter.«

»Dann setz dich um Himmels willen in Bewegung.«

Sie gingen an zahlreichen kleinen Läden vorbei, die alle mit Tourismus zu tun hatten, zu einem Gebäude, das erst vor kurzem das Büro der Policia Local des Hafens geworden war – so nannte man die Polizei heute. Im vorderen Büro las ein übergewichtiger Polizist mit einem Zapata-Schnurrbart in der Zeitung. Er sah auf und las weiter.

»Bring ihn mal auf Touren«, sagte sie.

»Er wird schon reagieren, wenn er soweit ist. Wir sind hier in Spanien.«

»Und ich bin Engländerin. Hey, Rip Van Winkle!«

Endlich legte der Polizist die Zeitung hin und starrte sie mit offensichtlichem Widerwillen an.

»Guten Morgen«, sagte Sheard auf spanisch und mit schleimiger Stimme. »Ich hoffe, wir stören nicht?«

»Was gibt es?«

»Wir sind sehr besorgt. Ein Freund von uns wird vielleicht vermißt und –«

»Was meinen Sie mit ›vielleicht‹?«

»Wir sind nicht sicher.«

»Dann kommen Sie wieder, wenn Sie sicher sind.«

»Was sagt er?« fragte sie.

Sheard wiederholte die Worte.

Sie sah den Polizisten wütend an. »Es ist Ihr Job herauszufinden, ob ihm etwas passiert ist. Also tun Sie was.«

Der Polizist hatte die Dringlichkeit ihrer Worte verstanden, vielleicht sogar die Worte selbst. Er bürstete mit einem gebogenen Zeigefinger durch seinen Schnurrbart und nahm einen Bleistift zur Hand. Die Spitze war abgebrochen, und er legte ihn wieder hin. Er suchte und fand schließlich einen Kugelschreiber. Dieser verweigerte den Dienst. Der Polizist warf ihn unter heftigen Bemerkungen über die Mütter von Stiftherstellern in den Papierkorb. Er ächzte, als er sich hochhievte und das Zimmer verließ. Als er zurückkam, hielt er einen anderen Kugelschreiber in der Hand. Er setzte sich, öffnete eine Schublade seines Schreibtisches und fand sie leer vor. Er knallte sie wieder zu und prüfte auch die anderen Schubladen, ohne Erfolg. Er verließ erneut das Zimmer, um mit einem Blatt Papier zurückzukommen. Er setzte sich. »Und? Ich habe nicht den ganzen Tag Zeit.«

»Wir vier sind gestern abend mit dem Boot über die Bucht gefahren und haben eine kleine Party gefeiert...« sagte Sheard.

»Wo ist Ihr Wohnsitz?«

»Ich wohne nicht hier.«

»Wo ist Ihr Paß?«

»In meinem Zimmer.«

»Holen Sie ihn. Und sagen Sie ihr, sie soll ihren auch mitbringen.« Er zeigte mit dem Stift auf Kirsty und knallte ihn dann auf den Schreibtisch. Er nahm wieder die Zeitung zur Hand und las mit offenkundiger Befriedigung weiter.

»Was ist jetzt los?« rief sie aufgebracht.

»Wir müssen unsere Pässe holen«, erwiderte Sheard.

»Wozu zum Teufel? Was ist mit Neil?«

»Er wird uns nicht zuhören, bis er unsere Pässe gesehen hat.«

»Dann braucht er einen ordentlichen Tritt in den Hintern.«

»Komm schon«, sagte er eilig. »Holen wir sie.«

Als sie an der Tür waren, sagte der Polizist: »Hombre, suchen Sie sich eine spanische Freundin, die hat bessere Manieren.«

# 3

Alvarez erwachte. Er starrte zur Zimmerdecke hinauf und spürte tiefe innere Zufriedenheit. Das Leben war mit einem goldenen Hauch überzogen. Am Tag zuvor hatte ihn ein entfernter und fast vergessener Verwandter von Jaime besucht. Er hatte nicht nur vier Flaschen Vega Sicilia mitgebracht, sondern das Essen als eines der besten gelobt, die er je gegessen hatte. Nachdem er gegangen war, hatte Dolores ihn für gutaussehend und intelligent befunden – und für einen Mann mit kultiviertem Geschmack. Wie immer hatte sich ihre Stimmung an ihren Kochkünsten gezeigt. Das Abendessen war ein wahres Festmahl geworden.

Konnte so viel Glückseligkeit anhalten? Ob es heute zu Mittag wohl *Pollastre farcit amb magrana* gab? Selbst eine nur mittelmäßige Köchin konnte aus diesem Gericht aus Hühnchen, Schweinefleisch, Lamm, Granatäpfeln, Wein und Gewürzen etwas machen, Dolores jedoch konnte daraus ein lukullisches Festessen bereiten . . .

Sie rief von unten, es sei Viertel nach. Diese Tatsache mußte er anerkennen. Nach einer Weile setzte er sich auf, schwang herum und stellte die Füße auf den Boden, und er genoß die Kühle der Fliesen. Es war bereits heiß draußen. Schon bald würde es *sehr* heiß sein. Hitze war der Arbeit gar nicht zuträglich . . .

»Es ist halb. Du wirst richtig zu spät kommen.«

»Spät« war ein Wort, das man auf vielerlei Weise interpretieren konnte. Er sah es so, daß er so gut wie nie zu spät zur Arbeit kam. Er schwang sich auf die Beine und ging ins Badezimmer. Zehn Minuten später betrat er die Küche und setzte sich an den Tisch.

»Ich habe dir eine *Coca* gemacht«, sagte sie. »Mit deiner Schokolade habe ich erst angefangen, als ich dich gehört habe, aber sie ist fast fertig.«

»Keine Eile. Im Augenblick gibt's nicht viel zu tun, und der

Chef ist irgendwo auf einer Konferenz, da kann er uns eine Weile nicht lästig werden.«

»Warum ist er immer so schwierig?«

»Er kommt aus Madrid.«

»Das hatte ich vergessen.« Sie war eine elegante Frau, deren Auftreten manchmal ans Rechthaberische grenzte. Mit ihrem rabenschwarzen Haar, den dunkelbraunen Augen, den kräftigen Gesichtszügen und der aufrechten Haltung schien es angebracht, sie sich mit Mantilla und Schildpatthaarkamm mit Goldintarsien vorzustellen, mit Damensattel und Schabracke auf einem Pferd, das genauso stolz war wie sie. Tatsächlich hatte sie keinen Tropfen andalusisches Blut in sich. Sie rührte mit einem Holzlöffel die heiße Schokolade um.

»Gestern abend habe ich Diego gesehen«, sagte er. »Er läßt dich grüßen.«

»Dieser Lump!«

»Ich dachte, du hättest eine Schwäche für ihn?«

»Trotzdem bleibt er ein Lump.«

»Womit hat er das verdient?«

»Eulalia war so sicher, daß er sie heiraten würde, daß sie schon angefangen hatte, einen Überwurf fürs Ehebett zu häkeln. Doch er hat niemals irgendwas gesagt oder getan, daß sie oder ihre Eltern eine Heirat von ihm verlangen könnten. Als dann Rosa mit ihren Millionen von Peseten auftauchte – wenn man gehässig wäre, würde man sich fragen, wie sie die während ihrer Zeit in Barcelona verdient hat –, war er so schnell, wie es ging, hinter ihr her.«

»Er war schon immer Realist.«

»Nur ein Mann kann so etwas Herzloses sagen!« Doch sie sprach bekümmert und nicht aggressiv wie sonst. »Eulalias Herz war gebrochen, und ihre Aussteuer, an der sie gearbeitet hat, seit sie eine Nadel halten konnte, ist zu Lumpen geworden.«

»Die Sachen kamen ihr doch sicher ganz gelegen, als sie Narciso heiratete?«

»Glaubst du etwa, das war dasselbe?«

Er konnte das schon glauben, sie aber ganz offenbar nicht.

Sie nahm die Pfanne vom Herd und goß die Schokolade in einen Becher. Sie stellte Becher, *Coca* und ein wenig Quittengelee auf den Tisch. »Ich hoffe, die *Coca* ist gut so?«

Es war sehr ungewöhnlich, daß sie sich ihrer Küche nicht sicher war. Er schnitt eine Scheibe ab, bestrich sie mit Quittengelee und aß.

»Und?«

»Es gibt keine *Pastelería* zwischen hier und La Coruña, die da mithalten könnte.«

Sie war zufrieden. »Ich muß los und fürs Mittagessen einkaufen.«

*»Pollastre farcit amb magrana?«*

Sie schüttelte den Kopf.

Seine Enttäuschung währte nur kurz. Das Mittagessen würde dennoch ein Fest werden.

Sie nahm eine Einkaufstasche und ihr Portemonnaie und ging los. Er aß die *Coca* von seinem Teller und wollte noch eine Scheibe nehmen, doch er beherrschte sich. Erst vor kurzem hatte sein Arzt ihm gesagt, er müsse weniger rauchen, trinken und essen, wenn er noch viele Geburtstage erleben wollte. Angesichts solch einer strengen Warnung hatte er geschworen, sich diesen Rat zu Herzen zu nehmen. Doch diese *Coca* war so leicht wie die Brustfeder einer Drossel, und Ärzte übertreiben stets, um sich wichtig zu machen.

Er hatte gerade sowohl die *Coca* als auch die schwere Schokolade verspeist, als das Telefon klingelte. Er verließ die Küche und ging durch das Wohn- und Eßzimmer hinaus ins Vorderzimmer.

»Hier ist die Policia Local am Hafen. Ist dort Inspektor Alvarez?«

»Am Apparat.«

»Das wird auch Zeit! War verdammt schwierig, Sie zu fassen zu kriegen – der Posten sagte, Sie wären um halb neun bei der Arbeit, aber ich habe seitdem jede Viertelstunde in Ihrem Büro angerufen, um Sie zu erwischen. Schließlich hat er mir Ihre Privatnummer gegeben.«

»Ich wurde unerwartet rausgerufen und bin gerade erst zum Frühstück zurückgekommen.«

»Hier gibt es ganz schön Ärger. Zwei Engländer kamen gestern rein, um einen Freund vermißt zu melden; er war von einem Boot verschwunden, und sie wußten nicht, was mit ihm passiert war. Heute morgen waren sie wieder hier. Er ist immer noch nicht aufgetaucht.«

»Vermißte sind Aufgabe der Guardia.«

»Aber die sagen, das wäre nicht ihr Bier, bis sicher wäre, daß der Mann vermißt wird, und es wäre Ihre Sache, das herauszufinden.«

»Ein Haufen fauler Bastarde!«

»Wem sagen Sie das?«

»Warum sind sie nicht sicher?«

»Es gibt keine Leiche.«

»Natürlich nicht. Es dauert eine Weile, bis man angeschwemmt wird.«

»Machen Sie das mit denen aus. Ich bin nur der Bote. Señor Sheard, Señor Lewis, Señorita Fenn und Señorita Glass sind Donnerstag am späten Abend aus dem Hafen gesegelt. Sie sind über die Bucht gefahren und vor dem Hotel Parelona vor Anker gegangen, haben etwas getrunken und sind eingeschlafen. Als sie aufwachten, war Señor Lewis nicht an Bord, und seitdem hat man nichts mehr von ihm gehört oder gesehen.«

Die einstöckigen Häuserreihen entlang der Carer Joan Sitjar – bis vor kurzem Calle General Ortega – waren ursprünglich Fischerhütten gewesen, die nur ein Minimum an Schutz boten. Doch hatte jedes Haus einen Garten im Hof gehabt, wo man Gemüse und Obst ziehen und Schweine und Hühner halten konnte. Der wachsende Wohlstand, ausgelöst durch den Tourismus, hatte dafür gesorgt, daß die Häuschen jetzt in gutem Zustand waren und nach der Modernisierung beträchtlichen Komfort boten, doch da der Fortschritt stets ein zweischneidiges Schwert ist, war es den Besitzern jetzt verboten, Schweine oder Hühner im Garten zu halten.

Alvarez bremste vor dem Haus Nr. 14, dessen Wände hellrosa und Türen und Fensterläden grün gestrichen waren. Er holte ein Taschentuch aus der Hosentasche und wischte sich das Gesicht ab. Es war glühend heiß. Er stieg aus dem Auto, überquerte den Bürgersteig und trat durch den Perlenvorhang in einen tadellos sauberen Vorraum. Er rief etwas.

Eine Frau in mittleren Jahren mit Schürze eilte durch die innere Tür. Sie betrachtete ihn. »Enrique!«

Er kannte ihr Gesicht, doch an ihren Namen konnte er sich nicht erinnern.

»Ich habe Dolores erst letzte Woche gesehen, oben im Dorf, wo ich mein Gemüse kaufe, weil es dort so viel besser ist als hier unten, wo die Leute nur an Fremde verkaufen wollen. Sie hat gesagt, daß...«

Während er zuhörte, durchsuchte er sein Gedächtnis, und schließlich fiel ihm wieder ein, wer sie war. Als sie innehielt, sagte er: »Wie geht es Joaquin?«

Es folgte ein weiterer Wortschwall. Ihr Mann war schwer gestürzt, als er ein Haus für einen Deutschen baute. Was für ein Haus! Mehr als vierzig Millionen Peseten! Ihr Vater hatte dieses Haus für sechshundert gekauft! Joaquin ging es schon viel besser, und er würde bald wieder arbeiten. Sie wäre dann sehr froh. Den ganzen Tag einen Mann im Haus zu haben, konnte eine Frau verrückt machen. Sie hatten noch Glück, daß sie das Zimmer an einen Engländer vermietet hatten – ohne eigene Kinder – weil Gott nicht so großzügig gewesen war – hatten sie ein Schlafzimmer übrig, und es wäre dumm gewesen, jemanden, der bereitwillig gute Peseten dafür zahlte, nicht dort schlafen zu lassen. Der Engländer spielte Schach und half ihr Joaquin einige Zeit zu beschäftigen...

»Der Grund meines Besuches ist, daß ich mit Señor Sheard sprechen muß.«

Süße Maria, man konnte doch nie sicher sein, wenn man morgens aufstand, ob man abends noch lebendig ins Bett finden würde. Wenn man sich vorstellte, daß der Engländer noch vor wenigen Tagen in ihrem Haus geschlafen hatte, und jetzt war er tot ...

»Aber Señor Sheard lebt doch sicher noch?«

»Was für eine Frage! Habe ich ihm nicht heute morgen erst Frühstück gemacht, bevor er aus dem Haus ging?«

»Warum haben Sie dann gesagt, er sei tot?«

»Hat Dolores nicht zu mir gesagt, daß die Männer einfach nie zuhören? Es war vielleicht vor vierzehn Tagen, da kam Bert zu mir –«

»Wer ist Bert?«

»Was glauben Sie? Señor Sheard. Fremde haben Vornamen, auch wenn sie so häßlich klingen, daß kein Heiliger ihn haben möchte.« Sie redete noch schneller und hob die Stimme wie jemand, der mit einem leicht Minderbemittelten sprach. Bert traf einen Freund, der nicht wußte, wo er wohnen sollte, und hatte daraufhin gefragt, ob er mit ihm das Zimmer teilen dürfe. Natürlich hatte sie schon ablehnen wollen – in der Welt geschahen manchmal Sachen, von denen eine anständige Frau lieber nichts wissen wollte –, als Bert hinzufügte, sein Freund würde natürlich dieselbe Miete zahlen wie er. Egal, was man über solche Sachen dachte, nur ein völliger Idiot spuckte auf eine Pesete. Also hatte sie ja gesagt. Leider hatte der Freund nach ein paar Tagen das Haus verlassen, um im Hotel Vista Bella zu wohnen. Jetzt war er tot! Oje, das Leben war nur ein kurzes Vorspiel des Todes!

»Wir wissen noch nicht, ob er tot ist.«

»Vier Menschen legen sich auf einem Boot in der Bucht schlafen, und am Morgen sind es nur noch drei. Glauben Sie, ihm wären Flügel gewachsen und er ist davongeflogen?«

Er dachte, daß Frauen lausige Detektive waren.

## 4

Das Hotel Alhambra, eine Straße hinter der Promenade, versorgte die Pauschaltouristen der unteren Kategorie. Die Zimmer waren klein, in die Duschen paßte gerade eben eine Person, das Essen war schlecht und mußte am Buffet selbst geholt werden, und die Angestellten waren wenig motiviert, denn die Gäste glaubten offenbar, ein Trinkgeld von hundert Peseten sei großzügig.

Alvarez ging um einen Haufen Gepäck herum, das zu einer abreisenden Gruppe von Gästen gehörte, zur Rezeption, hinter der ein junger Mann stand. »Sind die Señoritas Fenn und Glass im Haus?«

»Woher soll ich das wissen?« erwiderte der Empfangschef und konzentrierte sich auf eine junge Frau im Bikini, die gerade das Foyer durchquerte, um an den Strand zu gehen.

»Indem Sie es nachprüfen.«

»Zu beschäftigt.«

»Cuerpo General de Policia.«

Widerwillig sah er ins Gästebuch, dann zum Schlüsselbrett. »Ihre Schlüssel sind nicht da, also sind sie wohl irgendwo im Haus.«

»Dann bitten Sie jemanden herauszufinden, wo.«

Der Empfangschef murmelte verdrossen etwas vor sich hin, öffnete eine Tür hinter der Rezeption und rief etwas. Ein Teenager tauchte auf und nahm den Befehl entgegen.

»Gibt es hier eine Lounge, wo ich mit ihnen sprechen kann?« fragte Alvarez.

Der Empfangschef zeigte auf die andere Seite der Halle.

Alvarez durchquerte das Foyer und ging in einen kleinen Raum, der deprimierend eingerichtet war. Sollte das erklärte Ziel, alle Hotels auf der Insel qualitativ zu verbessern, tatsächlich in die Tat umgesetzt werden, dann war dieses hier der allererste Kandidat für ein sofortiges Vorgehen. Er setzte sich auf eine schäbige Sitzbank und wartete mit der unendlichen Geduld eines Kleinbauern.

Eine Frau trat ein und sah ihn unsicher an. Ihr Haar war blond, ihr Make-up großzügig und ihr Kleid eng. »Ich bin Inspektor Alvarez. Sie sind Señorita Glass oder Fenn?«

»Cara. Ich meine, Cara Fenn. Kirsty ist mit Bert noch einmal zur Polizei gegangen. Ich konnte nicht, weil . . . weil mir das alles zuviel wird.«

Hatte keine Lust, sich darüber Gedanken zu machen, urteilte er hart. Er wartete, bis sie sich gesetzt hatte. »Ich muß Ihnen einige Fragen stellen, aber ich werde es so kurz wie möglich machen.«

»Dann haben Sie Neil nicht gefunden?«

»Ich fürchte nicht.«

»Er . . . er ist tot?«

»Das wissen wir noch nicht sicher, und deshalb bin ich hier.«

»Aber ich weiß nicht, wo er ist.«

»Natürlich nicht, aber vielleicht können Sie mir helfen zu ermitteln, wo er sich aufhalten könnte, falls er noch lebt. Kennen Sie den Señor schon lange?«

Sie schüttelte den Kopf.

»Wann haben Sie ihn kennengelernt?«

»An jenem Abend.«

»Sie meinen Donnerstag?«

»Ja.«

»Bitte erzählen Sie mir, wie Sie ihn kennengelernt haben.«

Sie und Kirsty hatten zu Abend gegessen – wie immer schmeckte es etwas komisch und war nicht das, was sie von zu Hause gewohnt waren –, und dann hatten sie das Hotel verlassen, um auf die Promenade zu gehen. Sie waren so dahinspaziert und waren stehengeblieben, um einer Frau in einem langen weißen Kleid und mit weißem Gesicht und Handschuhen zuzusehen, die eine Statue imitierte und sich nur bewegte, wenn jemand Geld in ihre Sammelbüchse steckte. Neil versuchte, die Frau zum Lachen zu bringen und hatte Cara und Kirsty angesprochen. Er hatte vorgeschlagen, in einer Bar etwas trinken zu gehen. Nach einer Weile sagte er, es sei so ein schöner Abend, sie sollten mit seinem Boot einen Ausflug machen . . .

»Das Boot gehörte ihm?«

»Sah jedenfalls so aus. Ich meine, er hatte den Schlüssel, mit dem er die Kabine aufschloß und den Motor starten konnte.«

»Sie sind über die Bucht gefahren?«

Sie nickte. Dann fuhr sie fort: »Wenn wir doch nur hiergeblieben wären. Dann wäre das nicht passiert. Ich muß immer daran denken, daß er noch leben würde, wenn ich gesagt hätte, daß ich nicht mitfahren will.«

Er war davon überzeugt, daß sie auf Wirkung bedacht war. »Señorita, es ist traurig, aber man kann niemals die Zeit zurückdrehen und es macht alles nur noch schlimmer, wenn man darüber nachdenkt. Was ist passiert, nachdem Sie vor Anker gegangen waren?«

»Wir haben etwas getrunken.«

»Hatten Sie die Getränke mitgenommen?«

»Es gab ein paar Flaschen Whisky an Bord.«

»Waren die Flaschen voll?«

»Eine ja, die andere war fast leer.«

»Haben Sie beide ausgetrunken?«

»Nun hören Sie aber auf.«

»Wieviel haben Sie denn getrunken?«

»So gut wie nichts aus der vollen Flasche . . . Ich bin doch keine Säuferin.«

»Natürlich nicht, Señorita, aber ich versuche zu verstehen, in welchem Zustand Sie und Ihre Begleiter waren, denn das könnte sehr wichtig sein.«

»Ich war sehr fröhlich, mehr nicht.«

»Und Señor Lewis?«

»Wir waren alle so.«

»Haben Sie noch etwas anderes getan als nur zu trinken?«

»Was spielt das für eine Rolle?«

»Wie ich schon sagte, ich versuche, alle Umstände zu verstehen, die mit dem Verschwinden des Señors zu tun haben könnten.«

Sie sagte nichts.

»Señorita, Sie müssen es mir sagen.«

»Ich . . . wir . . . Sie wissen doch, wie das so geht.«

»Nicht, wenn Sie es mir nicht erzählen.«

»Wir wollten gerade ein bißchen Spaß haben«, sagte sie widerwillig.

»Sie meinen, Sie haben Geschlechtsverkehr gehabt?«

»Es ist nicht nötig, grob zu werden. Ein Mädchen hat das Recht auf ein wenig Spaß.«

»Mit einem Señor oder mit beiden?«

»Um Himmels willen, wofür halten Sie mich?«

Er war versucht, darauf zu antworten, doch er tat es nicht.

»Falls Sie es unbedingt wissen wollen, nichts ist passiert.«

»Warum nicht?«

»Weil nichts passiert ist.«

»Der Señor hatte zuviel getrunken?«

»Wenn er so blau gewesen wäre, hätte ich nichts mit ihm zu tun haben wollen. Ich kann Besoffene nicht ausstehen.«

»Wenn er es also nicht war, warum ist dann nichts passiert?«

»Weil wir beide eingeschlafen sind«, sagte sie wütend und war sicher, daß er sie auslachen würde.

Überraschung – nicht verächtliche Belustigung – war seine Reaktion. Offenbar wurden die Engländer ihrem Ruf doch nicht gerecht. »Señorita, ich muß Ihnen sagen, daß Ihre Worte darauf schließen lassen, daß der Señor sehr viel mehr getrunken hat, als Sie zugeben wollen.«

»Ich lüge nicht.«

»Aber es ist sehr schwer zu glauben, daß er, wäre er nüchtern gewesen, in einem solchen Augenblick eingeschlafen wäre.«

»Es ist mir egal, wie schwierig das ist, so war es.«

»War Señor Lewis ein guter Schwimmer?«

»Er sagte ja. Hat erzählt, daß er Medaillen gewonnen hätte, als er noch jünger war, doch damit wollte er uns bestimmt nur beeindrucken.«

»Als Sie und Ihre Freunde am Morgen aufwachten, fanden Sie seine Kleider noch an Bord?«

»Ja.«

»Hatte er eine Badehose dabei?«

»Ich habe keine gesehen.«

Er wollte schon weitersprechen, als eine junge Frau in die Lounge sah, Cara erblickte und eintrat. »Alles in Ordnung?« fragte sie.

»Nein, das ist es verdammt noch mal nicht«, antwortete Cara.

»Was ist los?«

»Er behauptet, ich wäre eine Lügnerin.«

Die Antwort verwirrte sie.

»Sind Sie Señorita Glass?« fragte Alvarez.

Sie nickte.

Immer wenn zwei Frauen zusammen sind, dachte er, ist eine von ihnen deutlich attraktiver als die andere. Selbst ein Franzose hätte Kirsty nur als sympathisch bezeichnet. »Ich bin Inspektor Alvarez.«

Kirsty sagte: »Wir waren gerade noch mal bei der Polizei, und sie wissen gar nichts. Sie etwa?«

»Ich bedaure sehr, aber leider nein, Señorita. Deshalb bin ich hier, um herauszufinden, was mit dem Señor geschehen sein könnte.«

»Indem er rüde Fragen stellt«, sagte Cara gereizt.

Er drehte sich um. »Es tut mir leid, Señorita, falls ich Sie belästigt habe, aber manchmal muß ein Polizist eher wie ein Arzt sein.«

»Und die meisten von denen sind alte geile Typen!«

Kirsty wirkte besorgt, hatte Angst, daß Alvarez sich angegriffen fühlen könnte.

Er antwortete leise: »Señorita Glass, bitte kommen Sie und setzen Sie sich, damit ich herausfinden kann, ob Sie mir helfen können.«

Als Kirsty vortrat, sagte Cara: »Ich habe Ihnen alles gesagt, was ich weiß, es hat also keinen Sinn, daß ich noch bleibe.«

»Richtig. Aber zunächst mal, wie lange bleiben Sie noch hier?«

»Eine Woche.« Sie zögerte, doch als er nichts mehr sagte, stand sie auf und ging mit wiegenden Hüften hinaus.

Er wandte sich an Kirsty: »Erzählen Sie mir alles, was Ihnen zu Donnerstag nacht einfällt.«

Ihre Beschreibung des Abends war beträchtlich detaillierter als Caras, und sie zeigte keinerlei Verlegenheit, als sie die intimeren Augenblicke beschrieb.

Ihr Verhalten erinnerte ihn an das alte Sprichwort, daß der schnellste Wildbach nicht unbedingt der tiefste ist. »Señorita, gehe ich recht in der Annahme, daß Sie nicht so viel getrunken haben wie die anderen?«

»Ich habe einen schwierigen Magen und bekomme leicht Probleme, daher muß ich vorsichtig sein.«

»Doch vielleicht haben Sie mehr getrunken, als Sie dachten, denn am Freitag morgen war Ihnen schlecht, nicht wahr?«

»Nicht halb so schlecht wie den beiden anderen. Und ich erinnere mich genau, wieviel ich getrunken habe.«

»Dann waren Sie doch sicher überrascht über die Wirkung?«

»Irgendwie schon, denke ich. Aber vielleicht wirkt das Zeug bei mir inzwischen noch stärker als früher.«

»Sind Sie sicher, daß die erste Flasche Whisky leer war, bevor Sie die zweite öffneten?«

»Ja. Würden Sie das nicht annehmen?«

Er nickte. »War Señor Lewis betrunken, als er die zweite Flasche öffnete?«

»Auf keinen Fall. Er war völlig Herr der Lage, schlug uns

alle möglichen Sachen vor, doch das war offenbar so seine Art.«

»Er sprach nicht undeutlich oder bewegte sich unkoordiniert?«

»Wenn Sie mich fragen, bewegte er sich zu dem Zeitpunkt sehr koordiniert.« Sie begann zu kichern, hielt dann jedoch abrupt inne. »So was sollte ich nicht sagen, oder? Falls er tot ist?«

»Señorita, sehr wahrscheinlich würde er sich doch wünschen, daß man sich mit einem Lachen an ihn erinnert . . . War Señor Sheard betrunken?«

»Er war wie Neil, redete noch normal und so. Er konnte nur nicht . . .«

Alvarez wartete. Schließlich sagte er: »Erzählen Sie mir noch einmal, was passiert ist, nachdem Señor Lewis die zweite Flasche geöffnet hat.«

Einen Augenblick lang sah es so aus, als wollte sie bezweifeln, daß sie alles noch einmal wiederholen sollte, doch dann sprach sie schnell und wie zuvor ohne jede Spur von Verlegenheit. Sheard hatte seinen Whisky schnell getrunken, sie hatte an ihrem genippt. Cara und Lewis hatten auf der Steuerbordsitzbank damit begonnen, einander genauer zu erforschen, und dann hatten auch Sheard und Kirsty damit angefangen. Sheard hatte gegähnt, während er an ihr herumfummelte und war ärgerlich geworden, als sie zu lachen anfing. Als er dann Hose und Unterhose auszog, klagte er über Schwindelgefühle. Auch sie fühlte sich beduselt. Er hatte versucht, noch weiter Interesse an ihr zu zeigen, doch es gelang ihm nicht. Zu ihrer Überraschung – und ganz sicher zu ihrem Ärger – war er eingeschlafen. Sie hatte zu den beiden anderen hinübergesehen, um zu sehen, ob sie sie auslachten, doch auch sie waren eingeschlafen. Dann hatte sie sich unendlich müde gefühlt und war ebenfalls eingeschlafen.

»Der letzte Drink kam aus der zweiten Flasche?«

»Das ist richtig.«

»Und Señor Lewis hat sie geöffnet. Können Sie beschreiben, wie er sie geöffnet hat?«

»Wie meinen Sie das? Da gibt es nur eine Möglichkeit, oder?«

»Falls die Flasche voll war, hätte die Verschlußkappe versiegelt sein müssen. Mußte er Kraft aufwenden, um das Siegel zu brechen?«

»Das muß man wohl.«

»Was ich wissen will«, erklärte er geduldig, »ist, ob Sie sich erinnern können, daß er Kraft anwenden mußte? Die Kappe kann so fest versiegelt sein, daß man sich ganz schön anstrengen muß, um sie aufzukriegen.«

»Ich verstehe, was Sie meinen. Wenn ich mich recht erinnere, hat er sie einfach aufgeschraubt. Was bedeutet das?«

»Ich bin nicht sicher«, antwortete er lässig. »Ich nehme an, Señor Lewis hat sich selbst und auch Ihnen etwas eingegossen?«

»Er gehört nicht zu denen, die sich selbst vergessen.«

Er schwieg ein paar Sekunden, bevor er weitersprach. »Sie wachten gestern morgen auf, entdeckten, daß der Señor nicht da war, und beschlossen, in den Hafen zurückzukehren und herauszufinden, ob er Ihnen einen albernen Streich spielte. Falls nicht, wollten Sie sein Verschwinden melden. Erinnern Sie sich zufällig daran, was mit der zweiten Flasche Whisky passiert ist?«

»Eigentlich nicht.«

»Ich habe nur noch eine Frage. Können Sie sich an irgend etwas erinnern, was zwischen dem Augenblick, als Sie einschliefen, und dann, als Sie wieder aufwachten, passiert ist?«

»Nein.« Sie fummelte am Saum ihres T-Shirts herum. »Das heißt . . .«

Er sagte nichts.

»Es klingt so albern«, meinte Kirsty.

»Ich versichere Ihnen, daß ich das nicht so sehen werde.«

»Es ist nur . . . ich glaube mich zu erinnern, daß ich jemanden gehört habe, wie er herumlief. Ich weiß nicht, warum, aber ich hatte solche Angst, daß ich verzweifelt versuchte zu entkommen, doch ich konnte mich nicht bewegen, es war, als wäre ich gelähmt. Dann hörten die Geräusche auf, und alles wurde wieder schwarz. Als ich Cara davon erzählte, sagte sie, das wäre ein alberner Alptraum gewesen. Ich nehme an, sie hatte recht. Doch ich frage mich dauernd...« Sie hielt inne und sprach dann eilig weiter. »Ich frage mich, ob es vielleicht Neil war, den ich gehört habe, und ob ich ihn hätte retten können, falls er über Bord gefallen ist, wenn ich nur richtig wach geworden wäre. Aber ich fühlte mich wie in dichtem Nebel...« Sie brach ab und verzog das Gesicht.

»Señorita, höchstwahrscheinlich geht es Ihrem Freund gut, und es war nur ein Alptraum.«

Aber ein Alptraum im Wachzustand?


5

Das Verkehrsschild untersagte das Linksabbiegen. Alvarez fluchte. Jedesmal, wenn er im Hafengebiet Auto fuhr, schien sich das Straßensystem geändert zu haben. Die Planung lag ganz eindeutig in Händen einer Person, die ein Interesse an der Herstellung von Straßenschildern hatte. Er bog bei der nächsten Möglichkeit links ab, und dann fand er keinen Parkplatz. Er fluchte ausgiebig. Noch vor zehn Jahren waren hier Felder gewesen, über denen Vögel flogen, jetzt war alles zubetoniert. Wenn die Menschen ihre Lobeshymnen auf die Vorzüge des Tourismus sangen, dachten sie dann auch an die Werte, die dadurch verlorengingen?... Ein Auto fuhr aus einer Lücke, und als er einparkte, war seine Stimmung schon viel besser.

Den kurzen Weg zum Polizeirevier ging er zu Fuß. Der diensthabende Beamte war ein alter Bekannter, und so plauderten sie erst einige Minuten, bevor er fragte: »Ich muß mit jemandem vom gerichtsmedizinischen Institut sprechen; darf ich Ihr Telefon benutzen?«

»Sicher.«

Alvarez griff nach dem Apparat auf dem Tresen, hob den Hörer ab und wählte. Als die Verbindung stand, fragte er nach Professor Fortunato oder einem seiner Assistenten.

Ein Mann sagte: »Luis Jodar hier.«

»Ich muß wissen, was passiert, wenn jemand im Meer ertrinkt.«

»Er stirbt.«

Komiker! »Aber schwimmt die Leiche oben, oder sinkt sie? Falls sie sinkt, kommt sie dann später wieder an die Oberfläche?«

»Ich kann Ihnen antworten, aber bitte bedenken Sie, daß es nur Verallgemeinerungen sind. Es gibt immer irgendeinen dummen Bastard, der mit Standardaussagen Unfug treibt.«

Bürokraten sahen doch immer zu, daß sie unangreifbar waren.

»Wenn ein Mensch ins Wasser fällt, schwimmt er, sofern er kann, bis er erschöpft ist. Wenn er nicht schwimmen kann, gerät er sofort in Panik. Das heißt, er nimmt Wasser in die Luftwege auf, wodurch die Panik noch größer wird, und das Wasser sammelt sich in seinen Lungen und vermischt sich mit Luft und Schleim zu erstickendem Schaum. Das Gewicht des Wassers verursacht ganz allmählich zuerst neutralen, dann negativen Auftrieb, und an einem bestimmten Punkt macht das Opfer eine letzte zappelnde Bewegung und stirbt. Aufgrund des negativen Auftriebs bleibt die Leiche unterhalb der Oberfläche. Nach gewisser Zeit bilden sich Gase, und diese vergrößern den Auftrieb, bis er positiv wird und die Leiche an die Oberfläche steigt. Das dauert normalerweise fünf bis acht Tage, doch bei richtig warmem Wetter kann es auch doppelt so schnell gehen. Sie wollen doch sicher noch etwas über die Anzeichen der Verwesung hören –«

»Nein danke«, sagte Alvarez eilig.

»Diese können sehr interessant sein. Ach übrigens, diese alte Geschichte, daß man das ganze Leben vorbeiziehen sieht, wenn man ertrinkt – keine Panik, Sie sterben ja vielleicht im Bett.«

Während sie die üblichen Dankesfloskeln austauschten, grübelte Alvarez darüber nach, wie förderlich ein makabrer Job makabrem Humor war.

Er verließ das Revier und fuhr zum östlichen Ausleger des Hafens, wo er parkte. Er trat hinaus in den glühenden Sonnenschein und dachte über die Jachten und Motorsegler direkt vor sich nach, über die Schiffe ein wenig weiter entfernt, die durch Masten oder Oberflächen zu unterscheiden waren, und über jene, die er von seinem Standpunkt aus nicht sehen konnte, und er fragte sich, wie viele Milliarden von Peseten wohl um ihn herum vor Anker lagen. Milliarden von Peseten, deren einziger Zweck es war, das Ego von Menschen zu massieren. Wenn das ganze Geld doch nur dafür verwendet würde, an Land bessere Ernten zu erzielen ... Nur ein Narr heulte den Mond um Hilfe an. Blühender Wohlstand hatte die Prioritäten der Menschen ins Gegenteil verkehrt. Luxus wurde höher eingeschätzt als die lebenswichtigen Dinge.

Das Büro des Hafenmeisters lag in einem Gebäude, das noch aus einer Zeit stammte, als der Hafen sehr klein war und nur von Fischern genutzt wurde – für die wenigen, die immer noch gewerbsmäßig fischten, gab es hier Lager- und Trockenräume. Alvarez betrat das Büro, und Torres, der das Pensionsalter schon hinter sich hatte, aber gar nicht wie ein Rentner wirkte, sah auf.

»Enrique!« Er stand auf, kam um den Schreibtisch herum und schüttelte ihm die Hand. »Es ist lange her. Zu lange.« Er war nicht größer als Alvarez, hatte aber beträchtlich mehr Übergewicht. »Nimm den Stuhl und setz dich und erzähl mir, wie es deiner Familie geht.«

Zwanzig Minuten später brachte Alvarez das Gespräch auf die Arbeit. »Ich nehme an, du hast nicht zufällig noch was von dem Engländer gehört, der angeblich über Bord gegangen ist?«

»Ich hätte mich gemeldet, wenn die Leiche aufgetaucht wäre. Es ist noch früh. Erinnerst du dich noch an Manuel Coix?«

»Nicht, daß ich wüßte.«

»Gräßlicher, übellauniger Bastard, aber ein echter Fischer. Als ich noch klein war, machten wir schwere Zeiten durch. Die anderen Boote brachten kaum genug Fisch mit, um die Familien der Mannschaftsmitglieder zu ernähren, doch sein Boot war bis zum Dollbord mit Fang gefüllt. Manche behaupteten, er hätte seine Seele verkauft und der Teufel treibe ihm die Fische ins Netz und an die Haken, doch mein Vater lachte darüber nur – warum sollte der Teufel so viel für eine Seele zahlen, die nicht einen einzigen Centimo wert war? Nein, Manuel war ein ebenso guter Seemann wie Fischer. Er sah zum Himmel auf und studierte die Wolken, spürte den Wind an den Wangen, achtete darauf, wie das Wasser sich bewegte, und schon wußte er, wo die Fische waren. Hat diese Erkenntnis natürlich nie mit anderen geteilt.« Er wandte sich halb um und sah aus dem Fenster. »Unter den Bootsbesitzern dort draußen ist nicht ein einziger Seemann. Nimm die Funkgeräte, die Positionssucher, Radar und Navigationscomputer weg, und kein einziger von denen könnte geradeaus von hier nach Menorca segeln.«

»Und obwohl Manuel so ein guter Seemann war, ist er ertrunken?«

»Ist in seinem Bett gestorben, und dabei beschimpfte er seine Frau als *Puta* und seinen Sohn als rückgratlosen Verschwender. Worauf willst du hinaus?«

»Wie du geredet hast, dachte ich, er müsse ertrunken sein.«

»Es war der Junge, den er mit sich nahm. Es ging das Gerede, er sei ein unehelicher Abkömmling von Manuel, sonst hätte er ihn nie mit ins Boot genommen, wo er doch zwei linke Hände hatte und alle Leinen durcheinanderbrachte. Wie auch immer, der Bursche bestand darauf, diese hüfthohen Anglerstiefel zu tragen, und als er dann über die Reling fiel – was unvermeidbar war in diesem unförmigen Aufzug –, ging er sofort unter. Einen Monat lang war er nicht aufzufinden, bis seine Überreste schließlich von einem der Boote gefunden wurden ... Es könnte also einige Zeit dauern, bis der Engländer wieder auftaucht.«

»Anscheinend treibt eine Leiche nach fünf bis acht Tagen oben, in normalem Wasser, und doppelt so schnell, wenn es warm ist.«

»Das entscheidet das Meer.«

»Angenommen, er ist von Bord gefallen und ertrunken –«

»Was meinst du damit, angenommen?«

»Es ist noch nicht sicher, was passiert ist. Würdest du davon ausgehen, daß die Leiche aufs Meer hinausgezogen wird?«

»Manchmal gibt es Strömungen, manchmal nicht. Manchmal werden in der ganzen Bucht Sachen angeschwemmt, manchmal werden sie direkt ins Meer gezogen.«

»Könntest du sagen, wie die Strömungen seit Donnerstag nacht waren?«

»Nicht so genau, daß ich sagen könnte, wohin es die Leiche getrieben hat.«

»Wie heißt das Boot?« fragte Alvarez.

»*Aventura*. Die Hälfte aller Boote hier heißen so. Und wenn sie ein Abenteuer auf See erleben, machen sie sich in die Hosen.«

»Wem gehört es?«

»Gomila y Hijos. Das Hauptbüro der Firma ist in Barcelona, wenn es also um Peseten geht, sind sie so scharf wie ein Messer. Sie vermieten Boote – sie haben noch zwei hier und mehrere an der Südküste.«

»Hat die Firma ein örtliches Büro?«

»An der Promenade, hinter dem neueröffneten Restaurant.«

»Wie ist das Essen dort?«

»Gut genug für Touristen, die glauben, ein paar Bissen knochiges Hühnchen, einige Tintenfischringe und eine kleine Garnele wären eine Paella.«

Alvarez sprach nachdenklich weiter. »Weißt du noch, als der *Pescador* Guillermo gehörte und er selbst kochte? Sogar Dolores konnte seine Paella nicht übertreffen... Das galt natürlich für seine guten Tage. Wenn er und Inés sich gestritten hatten, wußte man kaum, was man da aß.«

»Oder man aß es nicht, wenn man es wußte.«

»Eine Pesete, oder waren es eine Pesete fünfzig?«

»Zwei mit einer Karaffe Wein.«

»Ich habe mich oft gefragt, woher er den Wein hatte – habe weder zuvor noch seitdem so etwas getrunken.«

»Es heißt, er hat die Bodegas abgeklappert und alles aufgekauft.«

»Das glaube ich wohl.«

»Dennoch, für fünfzig Céntimos konnte man keinen Marqués de Riscal erwarten.«

Sie ergingen sich noch eine Weile in Erinnerungen und malten die Vergangenheit in rosigen Farben und vergaßen die schwierigen Bedingungen, die Unsicherheiten und die Ängste, die damals vorgeherrscht hatten. Schließlich verabschiedete sich Alvarez und ging. Er kehrte zu seinem Wagen zurück, fuhr über die Promenade an dem neuen Restaurant vorbei – einige Tische waren bereits besetzt, nur wenige Touristen waren wählerisch – und blieb im Parkverbot stehen. Er ging zurück zum Büro von Gomila y Hijos.

Eine junge Frau saß vor einem Computerbildschirm und lackierte sich die Nägel. Sie sah kurz auf und richtete ihre Aufmerksamkeit gleich wieder auf ihre Hände.

»Ob Sie mir wohl helfen können?« sagte Alvarez.

»Glaube kaum.«

»Ich muß wissen, wer die *Aventura* gechartert hat.«
»Was geht Sie das an?«
»Cuerpo General de Policia.«
»Sie sehen nicht so aus, als hätten Sie was mit denen zu tun.«
»Der Herr entscheidet, wie wir aussehen, nicht der Job«, sagte er schwülstig. Die Sehnsucht nach der Vergangenheit verstärkte sich. Fünfundzwanzig Jahre früher hätte sie ihn mit Respekt behandelt.

Sie betrachtete den Nagel, den sie soeben lackiert hatte. »Also, wieso?«

»Haben Sie nicht gehört, daß ein Engländer vermißt wird, der Donnerstag abend mit der *Aventura* losgesegelt ist?«

»Oh, das«, sagte sie geringschätzig.

Ihre Gleichgültigkeit ärgerte ihn. »Ich will den Namen der Person wissen, die das Boot gechartert hat«, sagte er grob.

Sie steckte den Pinsel in die Flasche zurück, schraubte die Kappe zu, blies auf ihre Nägel, um sicherzugehen, daß der Lack getrocknet war, und wandte sich endlich ihrem Computer zu. Sie tippte ein paar Anweisungen ein und betrachtete den Bildschirm. »Er war's.«

»Señor Lewis? Sind Sie sicher?«
»Das steht doch hier, oder?«
»Für wie lange hat er sie gechartert?«
»Vierzehn Tage.«
»Was hat ihn das gekostet?«
»Einhundertfünfzigtausend.«

Er pfiff durch die Zähne.

»Es ist nur ein kleiner Segler. Ein Boot von anständiger Größe hätte ihn das Doppelte gekostet«, sagte sie wegwerfend.

6

Alvarez konnte direkt vor der Nr. 14 auf der Promenade parken. Er ging über den Gehweg, trat durch den Perlenvorhang und rief etwas.

Christina kam durch das Vorderzimmer. »Sie schon wieder! Wie soll ich anständig arbeiten, wenn Sie mich dauernd unterbrechen?«

»Das ist das letzte Mal. Ist Señor Sheard wieder da?«

»Seit ungefähr einer halben Stunde.«

»Dann muß ich mit ihm sprechen.«

»Aber nicht lange. Sein Essen ist bald fertig, und ich lasse nicht zu, daß es kalt wird.«

Er sah auf seine Armbanduhr und merkte überrascht, daß es ein Uhr war. »Ich beeile mich. Wo kann ich ihn finden?«

»Hier entlang.«

Sie führte ihn durch ein Wohnzimmer, das alles andere als luxuriös möbliert, jedoch makellos sauber und ordentlich war, zu einer Tür, die auf einen kleinen Innenhof hinausführte. »Er ist auf der anderen Seite.«

In dem Innenhof, der gerade mal vier auf drei Meter maß, wuchsen ein Orangen- und zwei Mandarinenbäume, deren Früchte klein und grün waren, und an der nach Süden liegenden Grenzwand rankte sich uralter Wein, dessen Weintrauben gerade dunkelten. Auf der gegenüberliegenden Seite lagen ein offener Raum als Waschraum mit einem aus Stein gehauenen Waschbecken sowie ein Einzelzimmer.

Die Tür des Zimmers stand weit offen und stieß gegen die Wand. »Señor Sheard«, rief er, bevor er durch den Perlenvorhang trat.

Sheard, nur mit Shorts bekleidet, lag lesend auf dem Bett, und ein lärmiger Ventilator war auf seine Brust gerichtet.

»Ich bin Inspektor Alvarez.«

Sheard ließ das Taschenbuch fallen und drückte sich auf einen Ellbogen hoch. »Haben Sie etwas Neues?«

»Ich fürchte nicht.«

»Dann ist er . . . muß er . . . tot sein?«

»Da können wir immer noch nicht sicher sein, deshalb muß ich Ihnen ein paar Fragen stellen.«

»Sind Sie der Typ, der mit Kirsty und Cara gesprochen hat?«

»Genau.«

»Ich kann Ihnen auch nicht mehr sagen als die beiden.«

»Ich bin sicher, Sie können mir helfen, auch wenn Sie nur das bestätigen, was die zwei gesagt haben . . . Darf ich mich setzen?« Alvarez nahm einen Haufen Zeitschriften von einem Stuhl und setzte sich. »Ich muß mehr über Señor Lewis erfahren. Lebt er auf der Insel?«

»Es ist sein erster Besuch hier.«

»Er ist aus England?«

»Das kann ich nicht genau sagen.«

»Sie sind nicht eng befreundet?«

»Ich habe ihn erst vor zwei Wochen kennengelernt.«

»Erzählen Sie mir davon.«

»Da gibt es nichts zu erzählen.«

»Trotzdem, beschreiben Sie mir, wie Sie sich kennengelernt haben.«

»Also, ich trank gerade was in einer Bar und unterhielt mich mit einem Kerl, den ich kenne. Als er ging, kam Neil zu mir, da er gehört hatte, daß ich Englisch sprach. Wollte wissen, ob ich ihm helfen könnte. Er war mit der Nachtfähre angekommen und brauchte ein Bett. Er hatte in Hotels und Apartmentanlagen rumgefragt, doch der einzige, der ein freies Bett hatte, verlangte mehr, als Neil sich leisten konnte. Er dachte, ich wüßte vielleicht, wo er sich hinhauen könnte. Ich brachte ihn zur Jugendherberge, doch die war voll, und die zweite oben im Dorf wurde gerade umgebaut, das hatte also keinen Zweck. Wir gingen in eine andere Bar und tranken etwas, und ich dachte mir dann, der Kerl scheint ja ganz nett zu sein, also sagte ich, falls die alte Frau, der das Haus hier gehört, nichts dagegen hätte, könnte er bei mir bleiben. Sie wollte natürlich Geld sehen. Die würden noch den letzten Penny aus ihrer kranken Großmutter rauspressen...« Er hielt abrupt inne, als ihm klar wurde, wie beleidigend seine Worte waren.

Alvarez ignorierte die Bemerkung, denn er war sich sicher, daß Sheards Intelligenz zu begrenzt war, um zu schätzen zu wissen, daß jemand, der einmal nur wenige Céntimos von der Armut entfernt gewesen war, nach jeder möglichen Pesete griff, um sicherzugehen, daß solche Zeiten nicht wiederkamen. »Wie ist es zu dem Streit zwischen Ihnen gekommen?«

»Streit? Welcher Streit?«

»Señor Lewis ist gegangen und ins Hotel Vista Bella umgezogen.«

»Das war kein Streit. Es war nur so, daß es hier ziemlich eng ist und...«

»Ja?«

»Es machte einen besseren Eindruck.«

»Auf wen?«

»Die Weiber.« Er warf Alvarez einen schnellen Blick zu und sah, daß dieser ihn nicht verstanden hatte. »Es ist leichter, sich mit Frauen anzufreunden, wenn es so aussieht, als hätte man was drauf.«

Intriganter Lügner, dachte Alvarez und vergaß dabei der Einfachheit halber die Tage seiner Jugend, als er ein frisch gemangeltes Hemd und sorgfältig gebügelte Hosen angezogen hatte, bevor er sich dem Paseo auf dem Dorfplatz zugesellte. »Wenn dies die erste Reise von Señor Lewis auf die Insel ist, hat er Freunde besucht, die hier leben oder auf Urlaub sind?«

»Er kennt niemanden.«

Alvarez fiel auf, wie heftig Sheard auf diese Frage geantwortet hatte. Oft versuchten Menschen mit wenig Selbstvertrauen, eine Lüge durch plötzliche Heftigkeit zu verbergen. »Ich nehme an, Sie können mir sagen, welche örtliche Bank er aufgesucht hat?«

»Keine.«

»Sind Sie sicher? Wenn er nicht eine große Summe Geld bei der Bank abgehoben und auch keine Freunde hat, die ihm das Geld geben konnten, wie kommt es dann, daß er sich bei seiner Ankunft kein gutes Hotel leisten konnte, doch nach ein paar Tagen nicht nur umgezogen ist, sondern auch eine große Summe bezahlt hat, um eine Motorjacht zu chartern?«

Sheard machte ein verdrossenes Gesicht und antwortete nicht.

»Sie wissen es nicht?«

»Nein.«

»Hat Sie diese Frage nicht beschäftigt?«

»Ich kümmere mich um meine Angelegenheiten.«

Seine Hände und sein Körper waren angespannt, und trotz der relativen Kühle im Zimmer standen ihm Schweißperlen auf der Stirn. Doch Schwäche konnte in der Verzweiflung auch zur Stärke werden. Alvarez beschloß, daß es im Augenblick am besten war, diese Sache nicht weiter zu verfolgen, doch es gab vielleicht noch eine andere Möglichkeit zu beweisen, daß der Mann log. »Sie beide haben sich getroffen?«

»Ja.«

»Häufig?«

»Die ganze Zeit.«

»Dann haben Sie keinen Job?«

»Nein.« Wieder antwortete er mit unnötiger Heftigkeit.

»Dann haben Sie Glück, daß Sie für Ihren Lebensunterhalt nicht arbeiten müssen! Kommt Ihr Geld aus England?«

»Ja.«

»Welche Bank erledigt die Überweisung?«

»Was . . . Warum wollen Sie das wissen?«

»In meinem Job muß ich so viele Einzelheiten wie möglich beweisen, ob es nun wirklich wichtig ist oder nicht. Also muß ich Ihre Bank bitten, Ihre Angaben zu bestätigen.«

Sheard wurde zappelig. »Ich . . .« Er blätterte die Seiten des

Taschenbuches durch und sprach hastig weiter. »Freunde bringen das Geld in Reisechecks mit.«

»Bei welcher Bank oder welchen Banken tauschen Sie die ein?«

Keine Antwort.

Alvarez' Stimme war freundlich. »Señor, vergessen Sie nicht, daß ich Mallorquiner bin.«

»Was soll das heißen?«

»Sollte ich zufällig hören, daß ein Fremder, der einen Job hat, vergißt, die Behörden darüber zu informieren, und daher keine Steuern zahlt, dann wäre ich nur neidisch. Ich verspürte nicht den Wunsch, ihn anzuschwärzen.«

Sheard zögerte.

»Sollte ich dies natürlich im Verlaufe von Ermittlungen entdecken und in meinem Bericht erwähnen müssen, dann würde mein Vorgesetzter, ein Spanier, sicher anders darüber denken.«

Sheard holte tief Luft. »In Ordnung, ich mache ein paar Gelegenheitsjobs für die hier lebenden Ausländer.« Plötzlich zeigte er einen seltenen Anflug von Stolz. »Es gibt immer viel zu tun, entweder weil sie zu alt oder zu vornehm sind. Und ich arbeite gut.«

Da Sheard das zweite Mal, als er so heftig reagierte, gelogen hatte, schien es vernünftig, davon auszugehen, daß er auch beim ersten Mal eine Lüge hatte verbergen wollen. Doch warum sollte er lügen, wenn es darum ging, ob Lewis jemanden kannte oder besucht hatte? Weil das in direkter Beziehung zu dessen Verschwinden stand? Doch obwohl es leicht war, sich Sheard in unbedeutende kriminelle Aktivitäten verwickelt vorzustellen, die anscheinend kein großes Risiko für ihn selbst bargen, so konnte Alvarez doch nur schwer glauben, daß er sich an größere Verbrechen, verbunden mit körperlichen Risiken, wagen würde. Doch falls seine schon halb aufgestellte Interpretation der Ereignisse richtig war, hatte es keine Gefahren für Leib und Leben gegeben. Und die Belohnung? Das hing doch sicher auf irgendeine Weise mit Lewis' neuerworbenem Reichtum zusammen? »Señor, bitte erzählen Sie mir alles, was Ihnen zu Donnerstag nacht einfällt, von dem Augenblick an, wo Sie die beiden Señoritas getroffen haben.«

Ermutigt durch Alvarez' freundliche Art und sein offenkundiges Herunterspielen der Ereignisse, sprach Sheard mit einiger Zuversicht weiter. Seine Aussage widersprach der von Kirsty nur zweimal, und jedesmal war es ohne Belang.

»Sie haben ein gutes Gedächtnis«, schmeichelte Alvarez. »Vielleicht hilft mir das, einen letzten Punkt zu klären. Als Señor Lewis die zweite Flasche Whisky öffnete, sah es da so aus, als müsse er das Siegel der Kappe aufbrechen?«

»Ich habe nicht zugesehen. Aber da die Flasche voll war, muß die Kappe wohl versiegelt gewesen sein, oder?«

Alvarez war überrascht, daß Sheard nicht heftig geworden war.

Alvarez parkte den Wagen, überquerte den Gehweg und trat ins Vorderzimmer. In der Luft hing der Geruch nach Essen. Im Eßzimmer saß Jaime am Tisch und hatte eine Flasche Weinbrand und ein leeres Glas vor sich. »Ich weiß nicht, was es zu futtern gibt, aber es macht mich hungrig.«

Alvarez holte sich ein Glas aus dem Buffet, füllte es mit Weinbrand und gab zwei Eiswürfel aus dem Isolierbehälter dazu. »Dem Geruch nach könnte es *Estofat de xot* sein. Das hat sie seit Monaten nicht gekocht.«

»Du machst mich noch hungriger!« Jaime griff über den Tisch nach der Flasche, doch im selben Augenblick war das Geräusch des Perlenvorhangs zu hören, das ihn warnte, daß Dolores aus der Küche kam. Hastig zog er die Hand zurück.

Mit schweißfeuchtem Gesicht trat sie ins Eßzimmer. »Es tut mir leid, aber es wird ein wenig später mit dem Essen, weil das Einkaufen so lange gedauert hat. Ich habe nicht gefunden, was ich haben wollte, und habe viele Leute getroffen, die sich mit mir unterhalten wollten.«

»Wer langsam reist, hat mehr davon«, sagte Alvarez.

»Es macht nicht viel Spaß, einkaufen zu gehen, wenn so viele Fremde hier sind.« Sie drehte sich um. »Du hast noch Zeit für einen Drink«, sagte sie über die Schulter, als sie wieder in die Küche ging.

Jaime nahm die Flasche. »Wo hast du diese sonderbaren Dinge gelernt?«

»Vermutlich in der Schule.«

»Muß eine verdammt alte Schule gewesen sein.« Er füllte sein Glas. Er trank, stellte das Glas hin, sah zum Perlenvorhang und sagte leise: »Ist dir an Dolores was aufgefallen?«

»Was denn?«

»Ich glaube, es ist etwas im Busch.«

Alvarez war sofort beunruhigt. »Du meinst, sie ist krank?«

»Nicht direkt krank. Sie benimmt sich komisch. Kommt hier rein, sagt, das Essen dauert noch und wir sollen noch einen Weinbrand trinken. Du weißt doch, wie sie sonst ist. Sagt, ich wäre ein Trunkenbold, wenn ich erst mein erstes Glas trinke. Und noch was. Seit Tagen hat sie mich nicht angeschrien. Warum ist sie so?«

»Woher soll ich das wissen? Vielleicht liegt das daran, daß dein Cousin bei ihr so eingeschlagen hat.«

»Du meinst, sie und er . . .?«

»Bist du verrückt geworden? Wenn sie das hört, würde sie so laut schreien, daß dein Gehirn gefriert.«

»Aber so hat es sich angehört.«

»Tu dir selbst einen Gefallen und hör auf zu trinken.«

»Aber ich mache mir Sorgen, wenn sie sich so benimmt.«

»Einem geschenkten Gaul schaut man nicht ins Maul.«

»Ich nehme an, das hast du auch in der Schule gelernt?« Er nahm einen langen Schluck. »Also, ich bin froh, daß ich da nicht hingegangen bin.«

# 7

Das Hotel Vista Bella war vor dem Bürgerkrieg erbaut worden und hatte seinerzeit reiche Familien aus Palma oder von der Iberischen Halbinsel beherbergt, die den Sommer über die gelassene Ruhe des Hafens genossen hatten. Schließlich hatten Ereignisse sowohl in Spanien als auch im Ausland die Zahl dieser Gäste verringert, und die Zeiten waren sehr hart geworden. Das Aufkommen des Pauschaltourismus hatte zu erneutem Wohlstand geführt, doch die Familie, der das Vista Bella nun gehörte, hatte dies nur schwer akzeptieren können, denn sie waren so weitsichtig, um zu erkennen, daß sich der Charakter des Hotels dadurch verändern würde. Sonderbarerweise hatten sie nicht gesehen, daß der Charakter des Hafens sich um so mehr verändern würde, mit dem Ergebnis, daß die Reichen, die sich als allererstes Exklusivität wünschten, den Hafen nicht mehr anlaufen würden. Doch die Ereignisse hatten die Familie schon bald gezwungen anzuerkennen, daß sie sich mit den Veränderungen abfinden mußte, wenn sie im Geschäft bleiben wollte. Sie hatten das Hotel modernisiert und beträchtlich vergrößert, doch getreu ihrer Überzeugung führten sie es – so gut wie möglich – mit derselben fürsorglichen Effizienz weiter wie in der Vergangenheit, ungeachtet der Tatsache, daß viele der Gäste nur wenig Ähnlichkeit mit ihren Vorgängern hatten.

Alvarez ging die Steintreppe hinunter ins Foyer. Er sprach mit dem Empfangschef und erklärte, er wolle Señor Lewis' Zimmer durchsuchen. Der Empfangschef rief den stellvertretenden Geschäftsführer, der, da der Geschäftsführer nicht da war und die Verantwortung daher nicht weitergeleitet werden konnte, schließlich widerwillig in die Bitte einwilligte.

Zimmer 24 hatte einen breiten Balkon, und Alvarez trat hinaus, starrte auf die Bucht hinunter und fragte sich, ob die vielen Touristen jemals die volle Schönheit erfaßten, die da vor ihnen lag. Er seufzte. Ging man vom Durchschnittstouristen aus, war das unwahrscheinlich.

Er trat wieder ins Zimmer. Auf dem Nachttischchen lag ein Taschenbuch mit grellbuntem Einband, die einzige Schublade war leer. Auf der Kommode lag nichts, was nicht vom Hotel bereitgestellt wurde. Die Schubladen waren leer. Er ging hinüber zum Einbauschrank und schob die rechte Tür zurück. Auf dem Boden lag eine zerschlissene Reisetasche aus Segeltuch mit schmutziger Wäsche, einem Pornovideo, das im Ort gekauft worden war, und einer Stange Lucky Strike, in der noch vier Päckchen waren. Neben der Reisetasche stand ein Paar brauner Schuhe, in dessen linkem ein dickes Bündel Banknoten steckte. Die meisten waren 10000-Peseten-Scheine, insgesamt 716000 Peseten. Er faltete sie zusammen und legte sie wieder zurück. An der Stange hingen zwei Jeans und eine sportliche Jacke. In der Brusttasche der Jacke steckten ein Paß, eine Brieftasche mit 7000 Peseten und einer Fünf-Pfund-Note und eine Packung Kondome. In der anderen Tasche fanden sich eine zerknitterte Rechnung von Gomila y Hijos, eine weitere, noch zerknülltere, aus einem Restaurant in Bitges und eine benutzte Zugfahrkarte von Bitges nach Barcelona.

Alvarez stand am Fuß eines der Betten und ging in Gedanken die Ermittlungsergebnisse durch: Lewis besaß über 700000 Peseten in bar, doch nur wenige Tage zuvor war er praktisch mittellos gewesen. Das Geld und der Paß ließen die Möglichkeit – ein sehr geringe – ziemlich unwahrscheinlich erscheinen, daß sein Verschwinden beabsichtigt gewesen war. Vor Ankunft auf der Insel war er auf der Halbinsel gewesen, doch hatte Lewis Sheard nichts davon erzählt (falls man Sheard glauben konnte) ...

Alvarez war ins Hotel gekommen, um hier Antworten zu finden, doch hatte er offenbar nur noch mehr Fragen aufgeworfen. Er ging hinaus und fuhr zum Hafen, parkte am östlichen Ausläufer und ging zu Fuß zum Ankerplatz der *Aventura*, die neben dem auffällig dekorierten Schiff auf dem nächsten Liegeplatz ganz unscheinbar wirkte. Die Gangway war schmal und ohne Handläufe, doch die meisten Menschen hätten sie ohne zu Zögern überquert. Höhenangst rief jedoch unzählige Gedanken hervor, so daß er jeden Funken seiner Willenskraft zusammennehmen mußte, bevor er hinübergehen konnte, und er war sich kläglich bewußt, welch lächerliche Figur er dabei abgab.

Die Tür zum Salon war geschlossen, aber nicht verriegelt. Er ging hinein und stellte dankbar fest, daß nichts verändert worden war. An Backbord, direkt vor der Sitzbank, stand ein Tisch, auf dem sich drei Gläser befanden, eines davon umgekippt, eine leere Flasche Bell's Whisky und eine weitere, fast noch volle Flasche. Auf dem Boden neben der Sitzbank an Steuerbord lagen ein Glas, ein T-Shirt, Jeans, Unterhosen und ein Paar Sandalen.

Er nahm die beiden Flaschen und die vier Gläser und steckte sie in eine Plastiktüte, die er unter dem Tisch hervorholte. Voller Furcht überquerte er noch einmal die Gangway.

Er fuhr in den Hafen und zu einer schmuddeligen Bar in einer der Seitenstraßen, die einem Mann gehörte, der, obwohl er nicht lesen und schreiben konnte, einen scharfen Geschäftssinn hatte und den Touristen, die auf der Suche nach Lokalkolorit waren, doppelt soviel aus der Tasche zog wie seinen einheimischen Gästen.

»Sie sehen aus, als hätten Sie soeben Ihr Lotterielos verloren«, sagte der Besitzer und stellte ein Glas Weinbrand vor Alvarez hin.

»Genau so fühle ich mich auch.«

»Probleme mit Frauen?«

»Ich muß mich um wichtigere Dinge kümmern.«

»Wenn Sie glauben, daß es etwas Wichtigeres gibt, dann werden Sie wirklich alt.«

Die neue Filiale der Bank im Dorf war sehr großzügig gestaltet, und der Schreibtisch des Bankdirektors war für die Kunden einzusehen, lag jedoch hinter Sicherheitsglas. Ganz im Gegensatz zu den üblichen Karikaturen war der Mann heiter und freundlich, und es machte ihm sogar Spaß, Menschen dabei zu helfen, ihre finanziellen Probleme zu überwinden, ganz besonders, wenn er dabei der mallorquinischen Sitte frönen konnte, Regeln und Vorschriften zu umgehen. Der kleine, rundliche Mann mit buschigen Augenbrauen, dem jedoch allmählich die Haare ausgingen, kam um seinen Schreibtisch herum und schüttelte Alvarez die Hand. »Schön, dich zu sehen, Enrique. Wie geht es der Familie?«

»Ihnen geht es gut.«

»Grüß Jaime und Dolores von mir . . . Also, wie kann ich dir helfen?«

»Ich brauche einige Informationen.«

»Worum geht es?«

»Auf den ersten Blick hat es einen Unfall gegeben, und ein Mann ist ertrunken. Allerdings gibt es keine Leiche, es ist also nicht sicher, daß er tot ist. Und falls doch, dann habe ich es so im Gefühl, daß er nicht ertrunken ist. Falls ich also ein Motiv für seinen Tod finden kann, sollte alles ein wenig klarer werden. Kannst du mir folgen?«

»Ich hoffe es.«

»Ich will es konkreter ausdrücken. Ein Mann kommt auf der Insel an und hat keine müde Pesete in der Tasche, dennoch wohnt er nach wenigen Tagen im Vista Bella, chartert eine Motorjacht für hundertfünfzigtausend und besitzt mehr als 700 000 in bar. Es scheint logisch, daß der neu erworbene Wohlstand eine direkte Verbindung zu seinem Verschwinden hat, und ich versuche herauszufinden, ob diese logische Annahme eine Tatsache ist.«

Der Direktor stützte die Ellbogen auf seinem Schreibtisch auf und legte die Fingerspitzen aneinander. »Und die Schlußfolgerung?«

»Drogenhandel«, erwiderte Alvarez lakonisch. »Umgebracht, weil er versucht hat, entweder den Lieferanten oder den Käufer abzuzocken. Falls ich die Herkunft des Geldes zurückverfolgen kann, finde ich vielleicht eine Spur.«

»Also soll ich nach Einzelheiten über Bewegungen ungewohnt hoher Summen von Bargeld nachforschen?«

»Und alle anderen Banken bitten, dasselbe zu tun.«

»Aber leider hast du keine gerichtliche Verfügung, die uns dazu verpflichtet, nicht wahr?«

»Es würde ewig dauern, sie zu kriegen. Und in diesem Fall könnte Zeit eine große Rolle spielen.«

»Erst vor wenigen Tagen habe ich erfahren, daß der Sohn einer meiner Cousinen in eine Klinik mußte, die sich um Fälle von Drogenmißbrauch kümmert . . . Hast du ein paar Namen, die die Suche erleichtern könnten?« fragte der Bankdirektor nachdenklich.

»Das einzige, was ich anzubieten habe, ist, daß das Geld mit ziemlicher Sicherheit von jemandem abgehoben wurde, der Englisch spricht.«

»Das ist wohl kaum nützlich, wo es hier Tausende von Briten auf der Insel gibt . . . Es wird einige Zeit dauern.«

Obwohl Alvarez seine Siesta genossen hatte, war es sehr schwer für ihn, in seinem muffigen Büro wach zu bleiben. Schon bald wurde es ihm unmöglich. Er lehnte sich in seinem Stuhl zurück, schloß die Augen und ließ seine Gedanken wandern. Sie waren gerade so angenehm verworren wie kurz vor Eintreten des Schlafes, als das Telefon klingelte. Nach einer Weile hörte es auf. Zufrieden dachte er, daß selbst ein Orkan irgendwann zum Stillstand kommen muß. Seine Gedanken schweiften wieder friedlich in die Ferne . . . Das Telefon klingelte erneut.

Fluchend bemühte er sich in eine aufrechte Position und hob den Hörer ab.

»Inspektor Alvarez?«

Leider war die samtige Stimme nicht zu verkennen. »Am Apparat, Señorita.«

»Ich versuche dauernd, Sie anzurufen, aber es nimmt nie jemand ab.«
»Ich bin gerade erst reingekommen.«
»Der Chef wünscht Sie zu sprechen.«
»Ich dachte, er wäre bei einer Konferenz«, sagte Alvarez.
»Sie war früher zu Ende.«
Eine schlecht organisierte Konferenz.
Salas war so unhöflich und schroff wie immer, als er sich meldete: »Haben Sie eigentlich eine Ahnung, was eine volle Beweisanalyse kostet?«
»Eigentlich nicht, Señor.«
»Dennoch schicken Sie eine Flasche Whisky und ein paar Gläser ins gerichtsmedizinische Labor und verlangen eine solche Analyse, ohne dafür ermächtigt zu sein?«
»Meiner Einschätzung nach war schnelles Handeln unerläßlich.«
»Diese Einschätzung lag doch wohl außerhalb Ihrer Befugnis.«
»In diesem Fall . . .«
»Welchem Fall?«
»Das Verschwinden des Engländers, Señor Neil Lewis.«
»Ich habe alle Berichte gelesen, die während meiner Abwesenheit hier eingetroffen sind, und ich kann mich nicht erinnern, daß einer davon handelt.«
»Ich habe noch keinen vorläufigen Bericht verfaßt, weil so viele Fakten noch unsicher scheinen.«
»Wenn Sie unsicher sind, wie wollen Sie da eine komplette Analyse rechtfertigen, die mit exorbitanten Kosten verbunden ist?«
»Weil ich glaube, daß die Ergebnisse untermauern werden, daß Lewis ermordet wurde. Ich glaube, daß eine Art Narkotikum in die ungeöffnete Flasche Whisky eingebracht wurde.«
»Ihnen ist ganz offensichtlich nicht in den Sinn gekommen, daß in eine ungeöffnete Flasche nichts hineingegeben werden kann.«

»Als ich ungeöffnet sagte, Señor, meinte ich damit ›anscheinend‹, doch das war sie nicht. Wieviel Kraft mußte der Señor aufwenden, um die Kappe zu entfernen? Falls er sich sehr anstrengen mußte –«

»Mußte er das?«

»Das kann ich nicht genau feststellen.«

»Gibt es irgendwelche Fakten, die ganz klar sind?«

»Als die drei auf dem Boot aufgewacht sind –«

»Welche drei, welches Boot?«

»Lewis und Sheard haben am Hafen zwei junge Frauen kennengelernt, und nach ein paar Drinks haben sie eine Fahrt mit dem Boot gemacht, das Lewis gechartert hatte. Sie ankerten vor dem Hotel Parelona, leerten eine Flasche Whisky, öffneten eine weitere und tranken davon, bevor sie ein wenig Spaß hatten . . .«

»Was meinen Sie damit?«

»Nun, sie befummelten sich und zogen sich aus –«

»Sind Sie eigentlich nicht in der Lage, einen Fall zu ermitteln, ohne Sex ins Spiel zu bringen?«

»Ich berichte nur, was geschehen ist.«

»Da Sie das Wort ›Spaß‹ benutzen, ist doch ganz offensichtlich, daß Sie nicht den Abscheu empfinden, den ich von meinen Beamten erwarte.«

»Es tut mir leid, Señor. Sie ergaben sich amourösen Spielen–«

»Wollen Sie etwa obszönen Humor beweisen?«

»Nein, Señor. So nennt man das manchmal.«

»Leute wie Sie vielleicht.«

»Dann schliefen sie ein. Es erscheint mir so ungewöhnlich, einzuschlafen, wenn man die Aussicht hat zu –«

»Zügeln Sie Ihren Drang, in unnötigen und geschmacklosen Details zu schwelgen . . .«

Kurz stellte Alvarez die Einzelheiten dar.

»Sie haben keinen anderen Grund zur Annahme, daß Drogen in den Fall verwickelt sind, als das plötzliche Vermögen des Engländers?«

»Das und die Art, wie er verschwunden ist.«

»Was letzteres anbelangt, wäre es da nicht vernünftig anzunehmen, daß er so betrunken war, daß er über Bord gefallen und ertrunken ist?«

»Der Beweislage zufolge ist er nicht ertrunken.«

»Beweise, die von seinen Begleitern geliefert wurden, die ebenso betrunken gewesen sein müssen wie er.«

»Señorita Glass hat ausgesagt, daß sie nur sehr wenig getrunken hat.«

»Es ist bekannt, daß Frauen über die unendliche Fähigkeit verfügen, sich selbst etwas vorzumachen.«

»Doch selbst wenn er sturzbetrunken war, so war er doch ein guter Schwimmer«, gab Alvarez zu bedenken.

»Ein Mann kann so berauscht sein, daß er nichts mehr tun kann, was ihm in nüchternem Zustand ganz leicht fällt.«

»Wenn er zu betrunken war, um zu schwimmen, konnte er dann aus dem Salon hinaus an Deck gehen und über die Reling fallen? Hätte er sich überhaupt darum gekümmert, ob er mal pinkeln mußte?«

»Ich bin froh, daß ich diese Frage nicht beantworten kann. Haben Sie eine Spur von dem Geld?«

»Noch nicht.«

»Warum nicht?«

»Die Banken überprüfen es, doch sie sagen, es dauert einige Zeit.«

»Gibt es irgend etwas auf dieser Insel, das nicht doppelt so lange dauert wie angemessen?« Er legte auf.

Alvarez legte den Hörer zurück auf die Gabel. Wäre Salas doch nur auf der Konferenz geblieben, bis zumindest einige der Fakten mit gewisser Sicherheit geklärt wären ... Wenn jedes ›Wenn‹ eine Pesete wäre, dann wäre kein Mensch arm.

# 8

Als er gerade das Büro verlassen wollte, um im Club Llueso seine Merienda aus Kaffee und einem Weinbrand zu nehmen, klingelte das Telefon.

»Es ist die Guardia, aus Torret. Wir haben einen Toten, in den Zwanzigern, sieht nach Fahrerflucht aus.«

»Torret gehört zu Inspektor Cardonas Gebiet«, sagte er zufrieden.

»Wir haben ihn angerufen, und er hat festgestellt, daß es Ihre Leiche ist, weil sie ungefähr sechs Kilometer östlich des Dorfes gefunden wurde.«

Manche Leute taten einfach alles, um sich ihrer Verantwortung zu entziehen, dachte er ärgerlich.

Die Straße, die über die letzten zwei Kilometer in Serpentinen verlief, machte eine scharfe Rechtskehre um eine hervorstehende Felsklippe und führte dann steil in einer Linkskurve nach unten, bevor sie wieder eben wurde. Immergrüne Eichen warfen ihre Schatten auf die Straße, und Felder aus Mandelbäumen erstreckten sich fast bis zu den Bergen. In diesem Teil der Insel gab es nur sehr wenig Grundwasser, so daß es jedes Jahr nur eine Mandelernte gab.

Alvarez parkte hinter dem grünen Renault und ging zur Tür des Fahrers.

Die beiden Cabos blieben sitzen und genossen die winzige Erleichterung, die der Ventilator des Autos ihnen in der Hitze verschaffte. Der Fahrer sprach durch das offene Fenster. »Er ist beim zweiten Telefonmast von der Straße abgekommen.«

Alvarez sah, daß ein Zitronenbusch direkt neben dem Mast zum Teil umgefahren war. »Womit ist er gefahren?«

»Mit einer Vespa. Die hängt ungefähr einen Meter unter der Straße fest. Wie es aussieht, hat ein von hinten kommendes Auto ihn nicht rechtzeitig gesehen und die Vespa erwischt. Es geht ziemlich weit runter auf den Fels, und der arme Teufel ist auf dem Kopf gelandet – hat keinen Helm getragen.«

»Wissen wir, wann der Unfall passiert ist?«

»Der Arzt sagt, die Leichenstarre war schon eingetreten, und bei der Körpertemperatur heißt das, ungefähr vor zwölf Stunden, doch bei dieser Hitze ist nichts sicher.«

»Wo ist die Leiche?«

»Beim Bestattungsunternehmer des Dorfes.«

»Er hatte nichts bei sich, und eine Nachfrage bei der KFZ-Behörde hat ergeben, daß die Vespa einem Kerl aus Palma gehört. Man hat ihn angerufen, und er sagt, er habe sie letztes Jahr verkauft, hat sich aber nicht weiter um den Papierkrieg gekümmert.«

»Werden irgendwelche Dorfbewohner vermißt?«

»Nicht, daß wir wüßten.«

Alvarez ging die Straße hinunter. Nicht weit von dem Zitronenbusch entfernt war eine Spur auf dem Asphalt zu sehen, wo erst vor kurzem etwas mit beträchtlicher Kraft über die Oberfläche geschlittert war. Er griff nach dem Busch und sah hinunter und wünschte sich im selben Augenblick, er hätte es nicht getan. Das Land war noch steiler, als es von der Straße aus den Anschein hatte, und es fiel ungefähr sieben Meter tief ab. An der Stelle, wo die Vespa von einem vorstehenden Felsen festgehalten wurde, war es nicht ganz so steil, dennoch hätte er nicht im Traum daran gedacht, dort hinunterzuklettern, hätten die beiden Cabos nicht darauf gewartet, ihn zu verhöhnen, falls er es nicht tat.

Es war eine alte Maschine, teilweise verrostet und jetzt ein wenig verbogen, jedoch noch lange kein Wrack. Der Schlußfolgerung, daß ein Auto die Vespa von hinten erfaßt und mit solcher Wucht auf die Seite geschleudert habe, daß sie über die Straße geschleudert und über den Abgrund gefallen war, konnte er nur schwer zustimmen, denn das Heck der Maschine war nicht so verbeult, wie es nach einem solchen Unfall zu erwarten gewesen wäre.

Vorsichtig sah er hoch, auf keinen Fall nach unten, und kletterte wieder zur Straße hinauf. Er ging rüber zum Wagen. »Rufen Sie die Abteilung für Verkehrsdelikte an, damit sie die Vespa abholen und nach Palma bringen, um sie eingehend zu untersuchen.«

»Was hält Sie davon ab, das selbst zu tun?« fragte der Fahrer schlecht gelaunt.

Alvarez ging zu seinem Wagen und fuhr davon.

Torret, ursprünglich zur Verteidigung über einem Hügel erbaut, hatte sich nur wenig verändert. Das lag hauptsächlich daran, daß es weit hinter der Küste lag und nur wenige Touristen hierherkamen und noch weniger hier lebten. Es war ein sehr unebenes Dorf mit schmalen Straßen, zumeist ohne Gehwege, einer Kirche mit einer Reliquie des heiligen Bonifazius, mit einer Band, die viereinhalb Melodien spielen konnte, und einem jährlichen Kampf zwischen Mauren und Christen, der so heftig ausgetragen wurde, daß es in manchen Jahren genau so viele Verletzte gab, wie sie laut Tradition dem ersten Kampf zugesprochen wurden (von dem einige Historiker gefühllos behaupten, es habe ihn nie gegeben).

Er parkte auf dem Hauptplatz und ging hinüber zu einer Bar, die an eine Mauer der Kirche angebaut war, ein Widerspruch, den der mediterrane Mensch absolut normal fand. Er bestellte einen Kaffee und einen Weinbrand und fragte den Besitzer: »Wo finde ich den Bestattungsunternehmer?«

»Am Rand des Dorfes, auf der Straße nach Palma. Ist vor ein paar Jahren dorthin gezogen. Sie klingen wie aus Llueso?«

»Das ist richtig.«

»Den Akzent kann man nicht überhören!«

»Das reinste Mallorquinisch«, antwortete Alvarez und verteidigte automatisch den guten Namen seines Dorfes.

»Ich habe dort eine Cousine, Lucía, verheiratet mit Gustavo, einem Zimmermann.«

»Ich habe schon mal mit ihm gesprochen, aber sie kenne ich nicht.«

»Als sie letztes Mal hier war, sagte sie, Gustavo wäre sehr erfolgreich. Ob das wohl stimmt?«

»Er ist in eine ganz neu gebaute Werkstatt vor dem Dorf gezogen und macht Möbel, aber auch normale Arbeiten. Es heißt, er habe letztes Jahr einen angesehenen Preis bei der Ausstellung in Barcelona gewonnen.«

»Ist das wahr! Was wohl Lucías Mutter dazu sagen würde, wenn sie noch lebte. Als Lucía ihr erzählte, daß sie einen Mann aus Llueso heiraten würde, wurde sie hysterisch und zündete dutzendweise Kerzen an, um das zu verhindern... Man kann wirklich nie wissen, oder?«

»Nicht, bis es zu spät ist, um etwas dagegen zu tun.«

Der Besitzer bediente einen anderen Gast, und Alvarez schaufelte Zucker in seine Tasse, trank ein paar Schlucke und leerte dann den Weinbrand in die Tasse. Die Küster mußten vor mindestens fünfunddreißig Jahren geheiratet haben. Damals war Torret wie so viele Inseldörfer noch ziemlich isoliert gewesen, nicht nur physisch, sondern auch psychisch, so daß die feindselige Einstellung von Lucías Mutter gegenüber der Hochzeit verständlich war. Unwissen hatte schließlich häufig traditionelle Rivalitäten angefeuert. Es war eine Quelle des Stolzes, daß sich das Vokabular eines Dorfes von dem eines anderen unterschied. Hier konnte eine Ehefrau das Feld pflügen, dort handelte sie sich damit genausoviel Schmach ein, als wäre sie eine Nutte... Reisen und Fernsehen hatten die Insel homogenisiert und dadurch Ängste und Vorurteile, die aus Unwissen entstehen, ausradiert, allerdings zu einem Preis, den man immer noch nicht genau kalkulieren konnte. Es wäre die reinste Ironie, wenn man schließlich herausfinden würde, daß das Unwissen auch seine Vorteile gehabt hatte...

Er verließ die Bar, ging zurück zu seinem Wagen und fuhr durch die steilen, schmalen und gewundenen Straßen zum

Haus und Büro des Bestattungsunternehmers – das Büro lag geschmackvoll in einem einfachen Anbau verborgen.

Der Leichenbestatter war klein und rundlich, und er hatte ein bewegliches Gesicht, mit dem er jeden Grad von trauerndem Mitgefühl ausdrücken konnte, das angemessen erschien.

»Sie sind vielleicht ein Verwandter?«

»Cuerpo General de Policia.«

»Sie besitzen offizielle Papiere, die das bestätigen können?«

»Mache mir nie die Mühe, sie mit mir herumzutragen.«

»Dann kann ich Ihnen leider keinen Zutritt zu dem Verstorbenen gewähren.«

»Hat er seine Papiere vorgezeigt, damit Sie ihn nehmen?«

»Nur ein echter Polizist kann so etwas Lächerliches sagen!« Er ging voran durch eine Tür in einen gekachelten Raum und hinüber zu einem von vier Kühlschränken, löste die Verriegelung und zog ein Bord heraus. »Seine Schädelverletzungen sind beträchtlich.«

Das waren sie, doch Alvarez konnte Sheard ohne Schwierigkeiten erkennen.


9

Alvarez beobachtete einen Gecko, der über die Zimmerdecke huschte und dann abrupt wenige Zentimeter vor der Ecke stehenblieb. Solch ein Verhalten deutete normalerweise darauf hin, daß das Tier ein potentielles Opfer erspäht hatte, doch Alvarez konnte weder eine Fliege noch eine Spinne entdecken. Möglicherweise war der Gecko einfach vom Licht geblendet und glaubte nur, etwas gesehen zu haben. Vielleicht glaubte auch er selbst nur, daß es Zusammenhänge gab, wo keine waren.

Ein Detektiv lernte sehr schnell, daß Zufälle ganz normal waren, doch wenn er sich einem solchen gegenübersah, war seine erste Reaktion fast immer, diese Möglichkeit als nichtig abzutun. Deshalb war er hier und versuchte, die Verbindung zwischen dem vermutlichen Tod von Lewis und dem Tod von Sheard herzustellen, obwohl es purer Zufall sein konnte, daß der eine innerhalb von vier Tagen nach dem anderen gestorben war.

Das Telefon klingelte.

»Hier ist Benito Vinent, Direktor der Filiale von Sa Nostra in Annuig. Vor ein oder zwei Tagen erreichte mich eine Bitte um Informationen über einen Ausländer, vermutlich englischsprachig, der in den vergangenen zwei Wochen eine große Summe Bargeld abgehoben hat. Ich habe Informationen über eine solche Abhebung, doch bevor ich fortfahre, muß ich sicherstellen, daß die korrekte Vorgehensweise garantiert ist. Sie verfügen über die notwendige Genehmigung, solche Informationen zu erfragen?« Er sprach mit altmodischer Förmlichkeit, die durch einen Hauch Ironie aufgelockert wurde, als lächle er in sich hinein.

»Es würde mir nicht einfallen«, antwortete Alvarez vorwurfsvoll, »ohne Erlaubnis zu handeln.«

»Entschuldigen Sie bitte, daß ich Sie das fragen mußte.«

»Aber das macht doch nichts.«

»Am fünfundzwanzigsten letzten Monats legte Señor Clough einen Scheck über eine große Summe in Pfund Sterling vor. Er wickelt seine Bankgeschäfte noch nicht lange bei uns ab, doch da er sich als geschätzter Kunde erwiesen hat, wurde die Summe seinem Konto sofort in Peseten gutgeschrieben. Er hat eine Million in bar abgehoben.«

Alvarez wühlte in dem Wust von Papieren auf seinem Schreibtisch herum und fand, wonach er gesucht hatte. Lewis hatte Sheards Zimmer am sechsundzwanzigsten des Monats verlassen, um ins Hotel Vista Bella zu ziehen. »Wie lautet Señor Cloughs Adresse?«

»Son Preda.«

»Das ist alles?«

»Es ist ein herrschaftliches Haus, ein paar Kilometer außerhalb des Dorfes, daher braucht man nicht mehr zu wissen. Aber ich habe keine Ahnung, wie die Straße heißt, in der Son Preda liegt.«

»Ist Señor Clough Engländer?«

»Welche andere Nation findet so viel Gefallen daran, Aussprache von Schreibweise zu trennen?«

»Was für ein Mann ist er?«

»Das kann ich nur schwer beurteilen, da er fast kein Spanisch spricht und ich kaum mehr Englisch, daher müssen wir uns durch einen Angestellten unterhalten. Ich kann nur sagen, daß er freundlich ist und ziemlich viel Sinn für Humor hat.«

»Ist er verheiratet?«

»Ja.«

»Familie?«

»Darüber wurde nicht gesprochen.«

»Dann war's das. Vielen Dank für Ihre Hilfe.«

»Einen Augenblick, Inspektor. Ich würde Sie gerne um einen Gefallen bitten. Können Sie mir sagen, ob ich möglicherweise einen Fehler gemacht habe, als ich den Señor als geschätzten Kunden unserer Bank eingestuft habe?«

»Ich weiß nicht mehr über ihn, als das, was Sie mir gerade erzählt haben. Der einzige Grund, warum ich Fragen stelle, ist der, daß er mir jetzt vielleicht bei Nachforschungen über einen Engländer helfen kann, der von einem Boot verschwunden und vermutlich ertrunken ist.«

»Eine Antwort, die offenbar Raum für beträchtliche Doppeldeutigkeit läßt.«

»Ist das nicht meistens so?«

»Ich denke, ich werde einmal in der Hauptfiliale anrufen, um zu bestätigen, daß der Scheck des Señor gedeckt war.«

Alvarez legte auf und kritzelte die Ecke eines Blatts Papier voll. Wenn man von Port Llueso nach Annuig fuhr, gab es zwei mögliche Wege, von denen einer durch Torret führte.

Clough hatte am Tag, bevor Lewis ins Hotel umzog, eine Million Peseten abgehoben. Nur zwei weitere Zufälle? Ein Schäfer, der merkte, daß seine Schafe immer weniger wurden, zählte schon bald die Schafe auf den Feldern seiner Nachbarn.

Son Preda war schon seit Generationen im Besitz derselben Familie. Es war ein großes Anwesen, zu dem sowohl ertragreiches, fruchtbares Land als auch kahle Berge gehörten. Als Arbeit noch billig war, hatte man bis zu dreißig Mann gleichzeitig beschäftigt und noch einmal so viele vorübergehend in den arbeitsreichsten Zeiten des Jahres. Der Besitz hatte sich fast selbst ernähren können. Man hatte Schweine, Schafe, Rinder, Maultiere, Ziegen, Hühner, Enten und Tauben gezüchtet, Öl aus den reifen Oliven gewonnen, Feigen für den Verzehr durch Mensch und Tier an der Sonne getrocknet. Die Mandeln hatte man entweder verkauft und den Erlös für ein paar Dinge verwendet, die man zukaufen mußte, oder man hatte aus ihren Turrón für Weihnachtssüßigkeiten gemacht. Mit Hilfe von Weinblättern hatte man Käse produziert, Weizen wurde gemahlen und in »römischen« Öfen über offenem Feuer zu Brot verbacken, man baute Orangen, Zitronen, Pampelmusen, Granatäpfel, Loquats, Kirschen, Birnen, Äpfel, Tomaten, Erbsen, Bohnen, Kohl, Blumenkohl, Salat, Auberginen, süßen Pfeffer, Karotten, Rettich, Melonen und Trauben an und kelterte Wein. Nach sommerlichen Regenschauern suchte man nach Schnecken. Im Januar oder Februar erklommen zitternde Männer den höchsten Berg und schnitten Schneestücke frei, die im Eishaus aufbewahrt wurden, damit sie bei großer Hitze den größten Luxus, nämlich Kälte, lieferten ...

Dann war der Tourismus gekommen. Die Löhne waren gestiegen, bis die Selbstversorgung nicht mehr erstrebenswert war und schließlich zu einem unmöglichen Luxus wurde. Die Regierungsform hatte sich geändert, und man hatte demokratische Steuern mit dem erklärten Ziel eingeführt, daß die Reichen nicht mehr auf dem Rücken der Armen leben sollten – wie eine böse Zunge behauptete, würden die Armen bald von den Lebern der Reichen leben . . .

Doch sowohl Son Preda nicht mehr in der Vergangenheit leben konnte, hatte sein Besitzer sich entschlossen, daß es noch die Zukunft erleben sollte. Zum Glück hatte ein Experte ihn auf Schlupflöcher im Steuerrecht aufmerksam gemacht, und so war er immer noch wohlhabend und hatte viel Geld investiert, um Son Preda zu restaurieren, umzubauen und zu erneuern. Das Land wurde von ein paar Männern und vielen Maschinen bestellt. Das große, zweihundert Jahre alte Haus wurde vorsichtig modernisiert und dann an jeden vermietet, der bereit war, die sehr hohe Miete zu zahlen . . .

Alvarez bremste vor mehreren Steinstufen, die zu einer Holztür hinaufführten, welche mit schmiedeeisernen Beschlägen geschmückt und von vielen Jahrzehnten ständig wechselnden Wetters zerfurcht war. Als er auf den Kies trat und an dem vierstöckigen Gebäude hochblickte, fühlte er sich für einen Augenblick in seine Kindheit zurückversetzt, als der Besitzer eines solchen Hauses fast so viel Autorität besaß wie Gott.

Er kletterte die Treppe hoch. An der Tür war ein riesiger schmiedeeiserner Türklopfer in Form eines Ringes angebracht, der aus der Nase eines Bullen hing, während in der Mauer an der Seite ein elektrischer Klingelknopf eingelassen war. Als alter Traditionalist wählte er den Türklopfer. Das Geräusch, das dieser auf dem Holz verursachte, war der Takt aus vergangenen Jahrhunderten.

Die Tür wurde mit quietschenden Angeln aufgerissen, und er sah sich einer Frau in der Uniform eines Hausmädchens gegenüber, die so aussah, als brauchte sie keinen Mann, um schwere Gegenstände zu schleppen. »Ist Señor Clough da?«

Sie betrachtete ihn. »Und wenn?« fragte sie schließlich zurück.

»Ich will mit ihm sprechen. Inspektor Alvarez, Cuerpo General de Policia.«

»Ich schätze, dann sollten Sie besser hereinkommen«, sagte sie schlecht gelaunt.

Er trat in eine sehr große Halle, die irgendwie spartanisch möbliert war. Sie ging voraus in ein Zimmer gleich links.

Er sah sich um. Das Mobiliar war modern, mallorquinisch und von hoher Qualität. Über dem geschnitzten Kaminsims hing ein Gemälde von einem Paar in traditioneller Kleidung, und der Mann spielte mallorquinischen Dudelsack. An der Wand auf der anderen Seite waren Steinschloßgewehre arrangiert. In einem Bücherschrank aus Mahagoni stand eine große Anzahl einheitlich gebundener Bücher mit dem staubigen Ansehen von Büchern, die respektiert, aber selten gelesen wurden. Auf dem gekachelten Boden lag ein großer Teppich, der nach den groben Mustern und Farben zu urteilen in der örtlichen Fabrik hergestellt worden sein mußte, bevor sie vor vielen Jahren gezwungen war zu schließen, weil die billigeren Teppiche mit feineren Mustern von der Halbinsel importiert wurden.

Er hörte ein Geräusch und wandte sich dem Mann zu, der gerade eintrat. »Señor Clough? Es tut mir leid, daß ich Sie behelligen muß, aber ich möchte Ihnen ein paar Fragen stellen.«

»Sie sprechen Englisch! Absolut notwendig, damit ich die Fragen verstehe, geschweige denn beantworten kann.«

Er war groß, hatte breite Schultern und eine schlanke Taille. Sein dunkles Haar war dicht und sorgfältig geschnitten, sein Gesicht oval, seine Augenbrauen markant, seine Nase gebogen, sein Mund voll und fest, sein Unterkiefer kantig. Er trug einen Schnurrbart, weder so klein, daß er affektiert wirkte, noch so groß, daß er lächerlich war. Sein Hemd trug er am Hals offen, und seine hellbraunen Flanellhosen waren von einer Qualität, die man nur durch viel Geld bekommen konnte, und wirkten gleichzeitig lässig und elegant.

Ein Mann, der ebenso hart wie liebenswürdig sein konnte,

war Alvarez' erster Eindruck. Und jemand, der diesen Hauch von Herablassung zeigte, wie so viele Engländer. Das machte ihm gar nichts. Ein Mann, der sich gönnerhaft verhielt, vergaß häufig, darauf zu achten, wohin er trat. »Ich will mich so kurz wie möglich fassen, Señor.«

»Es gibt keinen Grund zur Eile. Setzen Sie sich und lassen Sie mich Ihnen etwas zu trinken geben, bevor Sie mir sagen, welche Probleme es gibt. Was hätten Sie gern?«

»Wenn ich einen Weinbrand bekommen könnte, nur mit Eis.«

Clough ging hinaus und kam mit einem Tablett zurück, auf dem zwei Gläser standen. Eines reichte er Alvarez, nahm selbst das zweite, legte das Tablett auf einen Hocker und setzte sich. »Auf Ihre Gesundheit.«

»Auf die Ihre, Señor.«

Clough trank einen Schluck. »Rauchen Sie?«

»Gelegentlich, gegen den Rat des Arztes.«

»Ignorieren Sie ihn. Ärzte verbringen ihr Leben damit, gegen die Probleme anderer Menschen zu kämpfen, daher führen sie ein jämmerliches Leben und finden ihre einzige Erleichterung darin, allen anderen das Leben ebenso jämmerlich zu machen. In der Dose neben Ihnen liegen Zigaretten.«

Alvarez öffnete die Dose aus Silber, nahm eine Zigarette heraus und steckte sie mit dem kleinen silbernen Feuerzeug an, das neben der Dose lag.

»Sagen Sie, Inspektor, habe ich unbeabsichtigt eine der vielen tausend Regeln und Vorschriften gebrochen?«

»Nichts dergleichen, Señor. Ich muß nur herausfinden, ob Sie zwei Leute kannten.«

»Ihre Namen?«

»Neil Lewis ist der erste.«

»Ich kannte einen Mark Lewis, aber das war vor zehn Jahren in England, und nachdem er und seine Frau sich getrennt hatten, habe ich ihn nie wieder gesehen. Meine Frau mochte

Angela sehr und sah natürlich seit ihrer Trennung alles aus Angelas Blickwinkel, das hat Mark selbstverständlich verärgert. Es ist eine traurige Tatsache, daß es so gut wie unmöglich ist, mit beiden Parteien befreundet zu bleiben. Doch es gibt ohnehin kaum irgendwo Raum für Neutralität, nicht wahr? . . . Was mit Ihrem Neil Lewis alles überhaupt nichts zu tun hat. Nein, wir haben noch nie jemanden dieses Namen kennengelernt, obwohl ich natürlich nicht sicher bin, denn bei Partys kann man nie wissen, wer einem dort so begegnet.«

»Er war auf Urlaub in Port Llueso und ist Donnerstag nacht von einem Boot verschwunden, das in der Bucht vor Anker lag. Seitdem hat man ihn nicht gesehen, wir müssen also annehmen, daß er ertrunken ist.«

»Es tut mir leid, das zu hören. Konnte nicht schwimmen, nehme ich an. Es ist wirklich außergewöhnlich, wie viele anscheinend intelligente Menschen hinaussegeln, ohne einen Gedanken daran zu verschwenden, daß sie keinen Zug schwimmen können.«

»Wie ich höre, war er ein guter Schwimmer.«

»Warum ist er dann ertrunken?«

»Das ist eine Frage, die ich zu beantworten versuche.«

»Tut mir leid, aber ich kann Ihnen nicht helfen . . . Wie kommen Sie darauf, daß ich ihn vielleicht kenne?«

»Er ist Mitte letzten Monats im Hafen angekommen und hatte sehr wenig Geld, dennoch mietete er sich acht Tage später in einem der teuren Hotels ein und charterte ein Motorboot.«

»Manche Leute haben halt ein Händchen für Geld.«

»Am fünfundzwanzigsten des letzten Monats haben Sie einen hohen Scheck in Pfund Sterling auf Ihre Bank eingezahlt. Am selben Tag haben Sie eine Million Peseten in bar abgehoben.«

»Die Lebenskosten sind wie der Pfeil der Zeit, sie gehen nur in eine Richtung.« Seine Stimme wurde schärfer. »Darf ich erfahren, wie Sie zu diesen Informationen gelangt sind?«

»Wenn wir belegen können, daß es für eine wichtige Untersuchung vonnöten ist, haben wir das Recht, eine Bank um Bruch der Vertraulichkeitsregel gegenüber ihren Kunden anzuhalten. Die Polizei in Ihrem Land hat doch sicher dasselbe Recht?«

»Natürlich. Aber wie könnte das nötig sein, wenn, wie ich gerade sagte, ich diesen unglücklichen Mann niemals kennengelernt habe? Und seit wann ist ein Unfall durch Ertrinken ein Kapitalverbrechen?«

»Wie schon gesagt, es besteht die Möglichkeit, daß der Tod des Señor nicht auf einen Unfall zurückzuführen ist. Bis alle damit verbundenen Fakten bekannt sind, können wir unmöglich sicher sein.«

»Das sieht mir nach einem Patt aus. Sie müssen unbedingt zeigen, daß ein Verbrechen begangen wurde, um die Genehmigung zu erhalten, Einzelheiten über mein Bankkonto zu erfahren, aber Sie brauchen diese Einzelheiten, um zu beweisen, daß es ein Verbrechen gegeben hat.«

»Was haben Sie mit der Million Peseten gemacht?«

»Was macht man normalerweise mit Geld?«

»Selbst heute ist eine so große Summe . . .« Er hielt inne, als die Tür geöffnet wurde und eine Frau eintrat.

Sie blieb direkt an der Tür stehen. »Julia sagte, wir hätten einen Besucher von der Polizei . . .« Sie schwieg.

Clough erhob sich. »Inspektor Alvarez, Inspektor, meine Frau.«

Zu spät fiel Alvarez ein, daß die Engländer die sonderbare Angewohnheit hatten aufzustehen, sobald eine Frau den Raum betrat, und er sprang eilig hoch. »Es ist mir eine Freude, Sie kennenzulernen, Señora.« Da die Erfahrung ihn gelehrt hatte, daß die Frau um so jünger und glamouröser war, je reicher und älter der Ehemann, war er überrascht, daß sie fast in Cloughs Alter war – alles andere als glamorös – und ihre Kleidung auf Bequemlichkeit abzielte, nicht auf Wirkung.

»Setzen Sie sich doch«, sagte Clough. »Stehen erhebt uns

zwar näher gen Himmel, kann aber die Hölle für die Beine sein... Vera, der Inspektor fragt, ob wir einen Neil Lewis kennen. Ich habe ihm gesagt, daß der einzige Lewis, den wir kennen, Mark ist und daß wir seit Jahren keinen Kontakt mehr haben.«

Sie ließ sich auf dem Sofa nieder. »Warum? Was ist passiert?«

»Dieser Lewis ist von einem Boot gefallen und soll ertrunken sein.«

»O nein!«

Alvarez war überrascht, wie bestürzt sie war.

Clough fuhr mit ironischer Resignation fort. »Wie Sie leicht erkennen können, Inspektor, nimmt der Tod eines Menschen meine Frau schnell mit! Sie leidet unter dem Pech anderer Menschen sogar mehr als unter ihrem eigenen.«

Ihr Verhalten hatte eher vermuten lassen, daß sie sich über diese Tragödie, die einen Fremden erfaßt hatte, weit mehr als nur etwas Sorgen machte. »Señora, ich muß herausfinden, was geschehen ist.«

»Natürlich«, murmelte sie.

»Vielleicht hätten Sie nichts dagegen, mir zu helfen?«

»Ich bin neugierig«, sagte Clough. »Wie kann meine Frau Ihnen helfen, wenn Sie den unglücklichen Mann nie kennengelernt hat, in den vergangenen zwei Wochen nicht auf unserem Boot war und vor mehreren Tagen das letzte Mal in Llueso?«

»Manchmal kann auch ein Minus nützlich sein.«

»Dann werden Sie das, was sie zu sagen hat, ohne Zweifel nützlich finden!«

Alvarez wandte sich Vera zu. »Ihr Mann hat mir erzählt, daß er niemanden des Namens Neil Lewis kennt –«

Clough unterbrach ihn. »Ich sagte, *wir* kennen ihn nicht.«

»Sie haben recht, Señor. Dennoch wäre ich dankbar, wenn die Señora bestätigen würde, daß sie niemals jemanden mit diesem Namen kennengelernt hat.«

Nach einem Augenblick sagte sie mit leiser Stimme: »Nein, habe ich nicht.«

»Haben Sie schon mal einen Mann namens Albert Sheard getroffen?«

»Nein.«

Das klang schon heftiger.

»Wer ist Sheard?« fragte Clough. »War er auch an Bord des Schiffes und ist verschwunden, vermutlich ertrunken?«

»Letzte Nacht wurde er auf seiner Vespa von einem Auto erfaßt und ist an seinen Verletzungen gestorben.«

»Bald wird meine Frau untröstlich sein!«

»Das ist alles so schrecklich«, sagte sie.

Ihren Worten fehlte das Gefühl, es war, als kämen sie auf Stichwort ihres Mannes. »Señor, kannten Sie Albert Sheard?«

»Nein. Haben Sie denn irgendeinen Grund anzunehmen, daß einer von uns ihn gekannt haben könnte?«

»Er und Señor Lewis waren Freunde.«

»Das ist in diesem Zusammenhang doch wohl kaum von Belang.«

»Señor Sheards Unfall passierte auf der Straße zwischen Port Llueso und Torret.«

»Und?« fragte Clough.

»Das ist einer von zwei Wegen, die hierher führen.«

»Wollen Sie damit sagen, er war vielleicht auf dem Weg hierher?«

»Das könnte möglich sein.«

»Nur wenn man das Mögliche bis zum Anschlag ausdehnt. Sagen Sie, führen Sie Ihre Logik bis zu Ihrer logischen Schlußfolge weiter? Ist jeder Mensch, der auf dieser Straße und auch auf der zweiten war, ein potentieller Besucher von Son Preda?«

»Nur, wenn dieser Mensch einen Grund hatte, Sie zu treffen.«

»Ich bin fasziniert. Welchen Grund wollen Sie jetzt andeuten, den Sheard gehabt haben könnte, mich, einen völlig Fremden, aufzusuchen?«

»Ich bin nicht sicher. Aber es könnte einen Zusammenhang mit dem Geld haben, das Sie abgehoben haben.«

»Ah ja! Das beschäftigte Sie ja gerade, als meine Frau hereinkam.«

Clough wandte sich an Vera. »Der Inspektor zeigt beträchtliches Interesse für unsere finanziellen Angelegenheiten, das geht so weit, daß er die Bank überredet, Einzelheiten über unser Konto preiszugeben. Es sieht so aus, als bereite ihm meine Abhebung von einer Million Peseten vor zwei Wochen Sorgen. Nach seiner Unfähigkeit zu urteilen, welche Möglichkeiten eine Ehefrau findet, Geld auszugeben, schließe ich, daß er nicht verheiratet ist.« Er drehte sich wieder um. »Und? Sind Sie verheiratet?«

»Nein, Señor.«

»Dann wird Ihre Verständnislosigkeit verständlich. Ich werde es Ihnen erklären. Vor einiger Zeit wurden wir eingeladen, bald einmal Zeit mit Freunden zu verbringen, für die die äußere Form überaus wichtig ist. Meine Frau kleidet sich normalerweise ohne große Umstände oder Kinkerlitzchen, doch es gibt Gelegenheiten, da sie akzeptieren muß, sich anders zu kleiden, und dies ist hier der Fall. Und bei dieser Gelegenheit mußte ich wieder einmal feststellen, daß ein paar Kleider genauso viel kosten können wie die gesamte Garderobe eines Mannes.«

»Sie haben ein paar Kleider auf der Insel gekauft, Señora?« fragte Alvarez.

Sie sah ihren Mann an.

»Wenn meine Frau etwas Besonderes zum Anziehen braucht, läßt sie es bei einer Schneiderin in England machen.«

»Wollen Sie damit sagen, daß die Million für diese Schneiderin benötigt wurde?«

»Genau.«

»Obwohl sie in England arbeitet und man erwarten würde, daß sie in Pfund bezahlt wird?«

»Wieder richtig.«

»Würden Sie so gut sein, mir die Quittung zu zeigen.« Alvarez entging nicht der konsternierte Ausdruck, der über Veras Gesicht huschte.

Clough zeigte keinerlei derartige Beunruhigung. »Ihre Rechtfertigung für diese Bitte?«

»Die Quittung würde bestätigen, was Sie mir gerade erzählt haben.«

»Sie brauchen eine Bestätigung?«

»Leider muß ich in meinem Job für alles, was mir gesagt wird, einen Beweis suchen.«

»Suchen vielleicht, aber finden Sie ihn auch immer?«

»Darf ich die Quittung sehen?«

»Ich muß Sie enttäuschen.«

»Warum?«

»Hauptsächlich, weil die Schneiderin eine talentierte Frau mit gesundem Menschenverstand ist – was natürlich nicht immer Hand in Hand geht.«

»Ich verstehe nicht.«

»Sie ist in einem der größten Londoner Ateliers angestellt, und eine Bedingung für ihre Anstellung ist, daß sie für niemand anderes arbeitet. Daher stellt sie niemals Quittungen für Arbeiten aus, die sie nebenbei erledigt, da dies sie belasten und zu ihrer Entlassung führen würde. Außerdem war sie es, die vorgeschlagen hat, die Kleider hier, nicht in London, abzuliefern, daher erhielt sie ihr Geld in Peseten. Ich könnte mir vorstellen, daß sie hier Eigentum erwirbt, doch natürlich habe ich nicht danach gefragt. Wir haben nur zu gern zugestimmt. So wurde meiner Frau die Reise nach Großbritannien erspart.«

»Wie lauten Name und Adresse?«

Clough lächelte. »Wenn ich sie Ihnen nenne, läuft sie Gefahr, daß ihre Schwarzarbeit vom Finanzamt aufgedeckt wird, und das wäre ein schlechter Dank für ihre guten Dienste. Nein, Inspektor, diese Details werde ich Ihnen nicht geben. Würde ich das tun, und sie käme als direkte Folge davon in Schwierigkeiten und könnte keine Aufträge mehr für meine Frau ausführen, dann würde mir keine von beiden je verzeihen.«

Alvarez verspürte plötzlich Bewunderung für den Mann. Er konnte nicht damit gerechnet haben, befragt zu werden. Die Fragen hätten auch eine Panik hervorrufen können, dennoch hatte er sich aus dem Nichts Antworten ersonnen, die gerade so eben denkbar waren, und hatte einen guten Grund gefunden, keine erhärtenden Beweise zu liefern. Nicht jeder Mann hatte einen derart schnellen Verstand.

»Haben Sie sonst noch Fragen?«

»Ich glaube nicht, Señor.«

»Dann können wir uns entspannen, und ich hole Ihnen noch etwas zu trinken.«

Alvarez sah keinen Grund abzulehnen.

10

Alvarez wurde wach, weil Dolores ihn rief. Er starrte hinauf an die Decke des Schlafzimmers und beschloß, er würde jemanden einstellen – sollte er jemals in der Lotterie gewinnen –, der dafür bezahlt wurde, daß er ihn am Ende jeder Siesta aufweckte. Dann konnte er den Luxus genießen, wieder einzuschlafen.

»Bist du wach, Enrique?«

Langsam und widerwillig drehte er sich um, stellte seine nackten Füße auf den Boden und hielt inne. Der Schweiß rann ihm über die Brust.

»Beeil dich. Dein Kaffee wird kalt.«

Dauernd verbreitete sie unnötige Hektik. Vielleicht hatte irgendeiner ihrer Vorfahren galizisches Blut. Er stand auf. Durch einen dummen Zufall stand er im rechten Winkel zu dem kleinen Spiegel auf der Kommode und konnte seinen

Bauch sehen. Noch ein paar Zentimeter, und er würde wohl gezwungenermaßen die Beschreibung fett akzeptieren müssen. Er mußte wirklich, so entschied er resolut, eine Diät machen.

Dolores hätte ihm kein zweites Stück Mandelkuchen anbieten sollen. Es würde schließlich ihre Gefühle verletzen, wenn er es ablehnte ... Er schob die paar Krümel auf seinem Teller zusammen, nahm sie mit Daumen und Zeigefinger auf, steckte sie in den Mund und schwelgte in dem Geschmack.

»Du wirst wirklich zu spät kommen«, sagte sie.

Er sah auf die elektrische Uhr an der Wand und merkte überrascht, daß es schon fast sechs Uhr war. »Ist es leicht, eine Million Peseten für zwei Kleider auszugeben?«

»Wohl eher Wahnsinn!«

»Sicher. Aber gibt es Leute, die so viel ausgeben?«

»Ich habe gelesen, daß manche noch mehr ausgeben, um lächerlich auszusehen.«

»War Vera Clough so ein Mensch? Nach allem, was er von ihr gesehen hatte, bezweifelte er, daß sie sich, bei welcher Gelegenheit auch immer, aufwendig kleidete, doch ihm war auch klar, daß es gefährlich war, nach einer so kurzen Zeit ein Urteil zu fällen, geschweige denn eines, das nur eine Frau aussprechen konnte. Wie auch immer, man entwickelte einen gewissen Instinkt für einen Fall, und seiner sagte ihm, daß die Geschichte über die Kleider Unsinn war ... Vera Clough war von der Nachricht über Lewis' Tod entsetzt gewesen, als sie von Sheard hörte jedoch nicht – gewiß machte der Tod eines Menschen, den man kannte, mehr Kummer, als der eines Unbekannten ... Hätte sie sich von ihrem Mann davon überzeugen lassen, daß es wichtig war, die Beziehung zu Lewis abzustreiten, wenn es keinen guten Grund dafür gegeben hätte? Falls ja, mußte sie eine ziemlich genaue Vorstellung davon haben, was ihr Mann tat ...

»Geht es dir gut?« fragte Dolores.

Er blickte hoch und sah, wie sie am Fuße des Tisches stand und ihn aufmerksam betrachtete. »Warum fragst du?«

»Du kommst sehr spät zur Arbeit, dennoch sitzt du einfach da und starrst in die Luft.«

»Ich versuche herauszufinden, ob der neueste Fall, den ich bearbeite, mit Drogen zu tun hat.«

Sie fummelte mit dem Holzlöffel herum, der auf dem Tisch lag. »Anas Ältester hat der Familie Geld gestohlen. Als sie es herausfand und ihn gefragt hat, warum, erzählte er ihr, daß er auf Drogen ist. Dennoch konnte wohl kaum jemand in einer liebevolleren Familie aufwachsen, oder? Warum? Warum tut er so etwas Furchtbares?«

»Das Leben zu Hause hat offensichtlich nicht den Einfluß, den man ihm mal zugeschrieben hat. Die Fachleute sprechen von Gruppendruck, der Spannung, wenn man Risiken eingeht und Gesetze bricht.«

»Fachleute sind Idioten! Das liegt daran, daß die Regierung die Gesetze über Drogen geändert und sie entkriminalisiert hat.«

»Regierungen sind noch größere Idioten als Fachleute.«

»Zu General Francos Zeiten war das anders.«

»Viele Dinge waren da anders.«

»Als ich von Anas Ältestem hörte, dachte ich an Juan und Isabel.«

»Sie werden niemals Drogen nehmen.«

»Warum nicht, wenn ein liebevolles Heim keine Garantie bietet? Warum sollten sie auf uns mehr hören als auf so ein Stück Mist, das sie abhängig machen will?« Ihre Sprache verriet, wie groß ihre Angst war. Normalerweise fluchte sie nicht.

»Sie sind vernünftig.«

»Reicht das aus?«

»Mit Gottes Hilfe.«

»Erlaubt ER etwa nicht, daß es solch schreckliche Dinge

gibt? Erlaubt ER etwa nicht, daß die Alten die Jungen in Versuchung führen? Warum sollte ER also helfen?«

»Warum fragst du nicht den Priester?« zog er sich aus der Affäre.

»Wie kann er die Ängste einer Mutter verstehen, wo er gar nicht weiß, was es heißt, Kinder zu haben?«

»Er hat sicher gelernt, Ratschläge über Dinge zu erteilen, die er selbst nicht erfahren kann.«

»Würdest du zu einem Chemiker gehen, damit er dir sagt, wie du dein Haus bauen sollst?«

Wieder enthielt er sich einer Antwort.

»Du mußt doch wissen, welches hier die Bastarde sind – warum nimmst du sie nicht fest?«

»Ich brauche Beweise, und sie reichen niemals aus, um die Leute zu schnappen, die wirklich wichtig sind«, sagte er traurig. Es brauchte einen schlaueren Mann als ihn, zu verstehen, warum sich das Gesetz von Kriminellen dazu benutzen ließ, daß sie sich der Gerechtigkeit entzogen.

»Bevor die Fremden kamen, gab es keine Drogen. Es gab keine Pornographie. Man konnte das Haus offenlassen, wenn man ausging. Die Familien sind zusammengeblieben, und die Jungen haben den Alten geholfen. Man hätte die Fremden nie hereinlassen sollen.«

»Dann würdest du noch auf Kohlefeuer kochen.«

»Das wäre ein geringer Preis.«

Da ihre Küche immer noch hervorragend wäre, hatte sie vermutlich recht.

Alvarez sann über das Problem nach. Die Regeln waren klar. Jede Bitte um Informationen an eine ausländische Polizei, normalerweise über Interpol, mußte von einem Comisario oder einem höheren Rang genehmigt werden. Um den Rang eines Comisario zu erreichen, mußte man ehrgeizig sein. Ein ehrgeiziger Mann half keinem Kollegen, wenn diese Hilfe auch nur das geringste Risiko barg. Wenn er jedoch keinen der Comisarios bat, die Bitte gegenzuzeichnen, blieb nur noch Salas. Und es gab wohl keinen Zweifel, wie dieser auf den Vorschlag reagieren würde... Falls die Bitte an die englische Polizei über Lawrence Clough und Neil Lewis, sowohl formell als auch inoffiziell, natürlich so aussah, als trage sie die Genehmigung des obersten Chefs, und falls sie direkt nach Llueso durchgegeben werden sollte, warum sollte Salas dann einen Grund haben, dagegen zu sein? Ein Mann trauerte nicht um ein verlorenes Lamm, bis er wußte, daß er es wirklich verloren hatte.

Er parkte ein, schloß seinen Wagen ab und ging den kurzen Weg zum Hotel Alhambra zu Fuß. Im Foyer standen Koffer und Reisetaschen, Männer und Frauen liefen vor der Rezeption herum, und Kinder rannten, schrien und kreischten. Ein typischer Tag mit Gästewechsel. Die beiden zermürbten Angestellten ignorierten ihn, bis er sich über den Tresen lehnte und Gehör verschaffte.

»Kann das nicht warten?« fragte der ältere von beiden.

»Ich fürchte nein.«

»Zwanzig Mann kommen an, obwohl nur achtzehn erwartet werden, und nur achtzehn Betten frei sind. Wo soll ich die beiden überzähligen bloß hinstecken?«

Eine Frau mit scharfen Gesichtszügen und fest zusammengepreßten, dünnen Lippen schob sich an Alvarez vorbei. »In Ordnung«, sagte sie schneidend, »wann tun Sie endlich etwas anstatt hier träge herumzustehen?«

Der ältere Empfangschef antwortete mit beschwichtigender Stimme. »Señora, wir versuchen –«

»Schöner Versuch! Ich warte schon seit Stunden, und Sie haben nichts weiter getan, als mit ihm ein Schwätzchen zu halten.« Sie zeigte mit dem Kopf und indigniertem Gesichtsausdruck auf Alvarez.

»Aber ich muß mit ihm sprechen, Señora...«

»Sie finden für mich und meinen Mann ein Zimmer, und zwar schnell, oder ich verklage die Firma in England...«

»Bitte warten Sie einen kleinen Augenblick –«

»Warten? Zu mehr ist dieses verfluchte Haus nicht in der Lage.«

Alvarez sprach sie auf englisch an. »Bei uns gibt es ein Sprichwort, Señora. Wer rennt, kommt häufig hinter denen an, die gehen.«

»Sie sprechen ein wenig Englisch, ja? Nun, dann sage ich Ihnen, auf dieser Insel rennt man nur sehr selten, das ist mal sicher. Niemand tut was, um ein Zimmer für mich und meinen Mann zu finden. Habe vor drei Monaten gebucht. Drei Monate! Und dann wollen die mir einreden, es sei kein Zimmer frei. Falls die glauben, wir schlafen am Strand, dann werden sie verdammt noch mal einiges zum Nachdenken bekommen, das ist mal sicher!«

Der ältere der beiden Empfangschefs beugte sich vor. »Señora, ich versichere Ihnen, Sie werden nicht mehr lange warten müssen.«

»Vielleicht nicht, wenn Sie endlich aufhören, mit diesem Kerl zu schwatzen, und Ihre Arbeit machen.«

»Aber es ist eine polizeiliche Angelegenheit, Señor Alvarez ist Polizist.«

Die Frau betrachtete Alvarez. Ihr Gesichtsausdruck machte ganz deutlich, daß er nicht wie ein Polizist aussah.

»Haben Sie solche oft?« fragte Alvarez auf mallorquinisch.

»Sind immer welche dabei. Und wenn sie betrunken sind, können sie noch schlimmer sein . . . Sagen Sie mir schnell, was Sie wollen.«

»Sind Señorita Fenn und Señorita Glass im Haus?«

Der Empfangschef überprüfte es. »Ihr Schlüssel hängt nicht dort, also nehme ich an, daß eine von ihnen da ist.«

»Welche Zimmernummer?«

»Sechzehn. Erster Stock, rechts vom Lift.«

Alvarez schob sich an der wütend dreinschauenden Frau vorbei und ging hinüber zum Fahrstuhl. Als er eintrat, sprangen drei Jungen hinter ihm herein und machten ohrenbetäubenden Lärm mit ihrem Kassettengerät, riefen: »He, Alter, hau mal drauf zum Abheben«, drückten den Knopf für den vierten Stock und alberten herum. Als sie oben ankamen, stampften sie hinaus, und er konnte in den ersten Stock hinunterfahren.

Er klopfte an die Tür von Zimmer 16 und hörte von innen die Aufforderung einzutreten. Die beiden Einzelbetten füllten das kleine Zimmer ganz aus. Kirsty trug einen Bikini und lag auf dem rechten Bett. Sie setzte sich auf. »Haben Sie etwas herausgefunden?«

»Über Señor Lewis? Ich bedaure, nein.«

»Oh! Ich hatte gehofft . . .«

Sie machte sich wirklich Sorgen, nicht nur, weil es sich so gehörte.

»Ist Señorita Fenn im Hotel?«

»Nein, sie ist unterwegs mit . . . mit einem Freund.« Sie bemerkte seinen Gesichtsausdruck. »Sie war so aufgebracht, daß sie alles aus sich herauslassen mußte.«

»Señorita, würde es Ihnen etwas ausmachen, wenn ich mich setze?« Er ließ sich auf dem anderen Bett nieder, denn es gab keinen Stuhl. »Ich fürchte, ich habe noch schlimmere Nachrichten für Sie.«

»O Gott!«

»Gestern abend spät war Señor Sheard mit seiner Vespa unterwegs, als es einen Unfall gab. Leider ist er an seinen Verletzungen gestorben.«

Sie drehte ihren Kopf zur Seite, doch er sah noch das Entsetzen, das ihr Gesicht verzerrte. Nach einer Weile sagte sie mit kleiner Stimme: »Es sollte ein wunderbarer Urlaub werden. Wir wollten Spaß haben. Aber . . . Warum passiert das nur?«

»Das weiß niemand.«

Nach einer Weile drehte sie ihr Gesicht wieder zu ihm, und ihre Augen waren rot und die Wangen feucht. »Ich habe mich schon gefragt, warum er nicht zu uns gekommen ist und erzählt hat, was passiert ist. Wir haben ihn seit Sonntag nicht gesehen. Ich dachte mir, es war einfach zu fertig. Ich meine, er und Neil waren Kumpel ... Könnte er den Unfall gehabt haben, weil er so aufgebracht war? Das kommt doch vor, oder?«

»Ganz sicher. Aber, Señorita, im Augenblick können wir nicht sicher sein, daß es ein Unfall war.«

»Wie meinen Sie das? Also, Sie wollen doch nicht behaupten, das ist absichtlich passiert?«

»Ich versuche herauszufinden, unter welchen Umständen es geschah.«

»Sie meinen, es könnte sein? O Gott, das ist ein Fluch, wie der, als sie das Grab in Ägypten geöffnet haben. Zuerst Neil, dann Bert. Als nächstes ...«

»Ich kann Ihnen versichern, daß weder Señorita Fenn noch Sie etwas zu befürchten haben.«

Sie zupfte an der Tagesdecke herum.

»Ich bin hier, um herauszufinden, ob Sie mir helfen können, die Wahrheit aufzudecken.«

»Aber wie?«

»Sie kannten die beiden Herren nicht lange, aber in dieser Zeit müssen sie doch über viele Dinge gesprochen haben, und vielleicht haben sie etwas gesagt, das mir weiterhelfen kann. Haben sie jemals Drogen erwähnt?«

»Wollen Sie behaupten, sie wären auf Droge gewesen?«

»Das ist eine Möglichkeit, der ich nachgehen muß. Haben sie Ihnen vielleicht eine Marihuanazigarette angeboten, als Sie auf dem Boot waren?«

»Nein. Und wenn, hätte ich ihnen schon gesagt, was sie damit machen können ... Sehen Sie, wir haben ein wenig Spaß gehabt, aber so was nicht. Dope ist was anderes. Ich habe Freunde, die richtig abhängig sind, und wenn ich so wäre wie sie, würde ich mich aufhängen. Sie haben uns niemals Marihuana, Koks, E oder Glückspillen oder so angeboten.«

Er nahm an, daß sie die Wahrheit sagte. »Haben Señor Lewis oder Señor Sheard jemals den Namen Lawrence Clough erwähnt?«

Sie schüttelte den Kopf. Doch plötzlich stutzte sie. »Moment mal.« Sie dachte nach und runzelte die Stirn. »Larry ist die Kurzform für Lawrence, und ich glaube, einer von ihnen hat von einem Larry gesprochen ... Genau. Wir hatten Anker geworfen und tranken unser erstes Glas. Neil alberte mit Cara herum und redete, wie Männer halt reden, wenn sie dich rumkriegen wollen – Sie wissen, was ich meine?«

Hielt sie ihn wirklich für so uralt, daß er das nicht wußte?

»Neil war mit seinen Händen beschäftigt, und sie versuchte, ihn ein wenig zu beruhigen, und er sagte, er sei ihr so sehr verfallen, daß er ihr alles geben würde, was sie wollte. Sie sagte, er könnte sie zu einem Urlaub nach Bali mitnehmen. Letztes Jahr hat sie gelesen, wie wundervoll es dort ist, und seitdem erzählt sie allen, daß sie da mal hinfahren will. Aber bevor wir hierherkamen, sagte ich zu ihr, weiter als bis Port Llueso würde sie an Bali nicht herankommen. Sie erzählte das Neil, und er wurde ein bißchen sauer, weil er durch mich ein bißchen dumm dastand, und er sagte, ich würde mich noch umgucken. Er brauchte nur mit Larry reden, und er könnte mit Cara nach Bali, Hawaii, Hollywood und New York fahren.«

»Hat er erklärt, wie Larry ihm dabei helfen konnte?«

Sie schüttelte den Kopf.

Er stand auf. »Danke sehr, Señorita.«

»Ich habe Ihnen ja gesagt, daß ich nichts weiß.«

»Ganz im Gegenteil, was Sie da gerade erzählt haben, könnte mir wirklich weiterhelfen.«

»Tatsächlich?«

Falls er keine Ziegenherde sah, wo nur ein Kitz stand, hatte Lewis ganz unbedacht bestätigt, daß Lawrence Clough ihn finanzierte.

# 11

Am späten Mittwochmorgen kam Nachricht von der Abteilung für Verkehrsunfälle.

»Das mit der Vespa ist ein interessantes kleines Puzzle. Es gibt keine tieferen Kratzer, keine Schmierspuren von fremder Farbe, wie sie normalerweise auftreten, wenn zwei Fahrzeuge zusammenstoßen. Der Schaden am vorderen Spritzschutz und an der linken Fußstütze und die eingedrungene Erde passen dazu, daß die Vespa über die Straße geschleudert wurde. Die Reifen, ganz besonders der vordere, sind stark abgefahren und hatten nur sehr wenig Haftung. Im hinteren Spritzschutz ist eine Delle, doch war das anscheinend ohne große Folgen. Es sieht also ganz nach einem Roller aus, um den sich niemand besonders gekümmert hat, und nach einem Fahrer, der die Kontrolle darüber verloren hat und ins Schleudern geraten ist. Aber die Straße war knochentrocken, und die Abriebspuren deuten darauf hin, daß die Vespa nicht schnell fuhr. Warum hätte der Fahrer also plötzlich die Kontrolle verlieren sollen?

Angenommen, es war gar kein Unfall. Am leichtesten bringt man ein Motorrad zu Fall, indem man sich von hinten mit einem Auto nähert und in bestimmtem Winkel den Spritzschutz rammt. Wenn man es richtig macht, hat der Fahrer keine Chance. Doch dabei würde der Lack des Rollers absplittern und der Spritzschutz normalerweise in den Reifen gedrückt. Die Vespa hat keinen abgesplitterten Lack, keine Kratzer, die tief ins Metall reichen, und nur eine kleine Delle am Spritzschutz. Da fiel uns der alte Kniff ein, vorne einen alten Reifen aufzuziehen. Wenn der Fahrer dann ganz vorsichtig ist, gibt es nur wenig Schaden und Farbsplitter, keine Kratzer und wenige Dellen. Danach wird der Reifen verbrannt, und es gibt keine Spuren mehr an dem Wagen, mit dem er identifiziert werden könnte... Wir haben den Spritzschutz mit besonderen Techniken untersucht, und haben einen, wenn auch geringen, Hinweis auf ein Reifenprofil gefunden. Jedenfalls glauben wir das.«

»Sie glauben es nur.«

»Ich fürchte, wir können es nicht sicher sagen.«

Nach dem Anruf lehnte sich Alvarez zurück. Falls es einen Grund gab, Sheard zu töten, dann stand es hundert zu eins, daß er ermordet worden war. Doch bis das feststand, konnte man nicht sicher sein, daß es einen Grund gab.

Er telefonierte mit dem gerichtsmedizinischen Labor und fragte, ob sie bereits die Ergebnisse ihrer Analysen des Whiskys und der Rückstände in den beiden Gläsern vorliegen hatten, die er ihnen geschickt hatte. Die Antwort lautete wie erwartet. Glaubte er, daß sie nichts anderes zu tun hatten, als die Arbeit, die er ihnen schickte? Glaubte er, daß sie vierundzwanzig Stunden am Tag arbeiteten? Glaubte er ...

Ganz ermattet von der aggressiven Feindseligkeit, die eindeutig darauf abzielte, die eigene Trägheit zu verschleiern, beugte er sich vor, zog die rechte Schublade seines Schreibtisches auf und holte eine Flasche Weinbrand und ein Glas hervor.

Eine Spur konnte sich möglicherweise ergeben, indem man sich umhörte, ob auf den Straßen von einem englischen Eindringen in den Drogenmarkt geredet wurde. Alvarez fuhr hinunter zum Hafen und ging in eine Bar in einer Seitenstraße. Er hatte Glück. Capella saß an einem der Tische und spielte eine Partie Dame.

Capella war ein kleiner Mann, nicht ganz so alt, wie er aussah. Sein spitzes Gesicht und die scharfen Knopfaugen hatten ihm seinen Spitznamen gegeben: Frettchen. Sein rechter Arm hing nutzlos herunter. Vor dreißig Jahren war er schlimm gefallen, hatte jedoch keine medizinische Hilfe in Anspruch nehmen können, weil die Guardia alle Ärzte und Krankenhäuser angewiesen hatte, sich zu melden, falls ein Mann, auf den seine Beschreibung paßte, mit einem verletzten Arm zu ihnen kam.

Als Alvarez näher kam, sahen beide Spieler kurz auf. Capella murmelte einen Gruß, Obrador nickte nur. Sie spielten weiter, doch nach drei weiteren Zügen fluchte Obrador, akzeptierte seine Niederlage, schob eine 500-Peseten-Münze über den Tisch und ging.

»Offenbar kann er sich nicht mehr so gut konzentrieren«, sagte Alvarez.

»Was erwarten Sie? Tauchen hier auf und starren ihn an!«

»Wie wäre es dann, wenn Sie meine Beteiligung an Ihrem Gewinn anerkennen und mir die Hälfte abgeben?«

Capella steckte eilig die Münze ein.

»Was trinken Sie?« fragte Alvarez.

»Nichts.«

Alvarez nahm das Glas, das vor Capella stand, ging hinüber zur Bar und bestellte zwei Weinbrand. Mit den gefüllten Gläsern kam er zurück und setzte sich. »Und was macht er so dieser Tage? Zigaretten? Ich höre, es ist etwas schwierig geworden, wo die Ware aus Tanger und Ceuta nicht mehr nachfließt und die Behörden schärfer geworden sind. Nicht wie in den alten Zeiten, als Sie mit einem Geschäft genug Geld machen konnten, um sich ein Haus zu bauen und noch eins für Ihre Tochter.«

»Mein Onkel hatte mir das Geld hinterlassen.«

»Tio Andrés? Er hat niemandem je etwas anderes hinterlassen als Verwünschungen.«

»Was gibt Ihnen eigentlich das Recht, schlecht über Tote zu reden?«

»Seine Verwünschungen.« Alvarez bot dem Mann eine Zigarette an und entzündete für beide ein Streichholz. »Erzählen Sie mir alles über die Drogenszene hier im Hafen.«

»Glauben Sie etwa, ich hätte damit was zu tun?«

»Nein. Aber Sie wissen doch sicher, was da vor sich geht, denn Sie haben Ihr Ohr immer noch so nahe am Puls der Zeit, daß Sie ständig Ohrenschmerzen haben. Hat es in letzter Zeit irgendwelche Veränderungen gegeben?«

Capella leerte sein Glas in einem Zug und stellte es mit mehr Wucht als nötig auf den Tisch. Alvarez nahm beide Gläser mit zur Bar und ließ sie noch mal nachfüllen. Dann kam er zurück an den Tisch. »Nun?«

»Was meinen Sie mit Veränderungen?«

»Mischen sich die Engländer ein?«

»Glauben Sie, die Jungs würden das zulassen?«

»Nicht ohne ihnen Schwierigkeiten zu machen«, antwortete Alvarez.

»Es gab keine.«

»Sind Sie sicher?«

»Natürlich bin ich sicher«, gab Capella zurück und ignorierte die Tatsache, daß er erst vor wenigen Augenblicken behauptet hatte, nicht zu wissen, was vor sich ging.

»Sie glauben nicht, daß sie so zurückgezogen arbeiten, daß sie sogar ihr eigenes Boot benutzen?«

»Am Tag, nachdem es losgesegelt wäre, würde es schon auf Grund liegen – die Besatzung ebenfalls.«

Aus Capellas Stimme klang ein eigentümlicher Stolz auf die Grausamkeit der örtlichen Mafia. Das war, so dachte Alvarez, gerechtfertigt. Mallorca war vielleicht die Insel der Ruhe, doch diejenigen, die auf der falschen Seite des Gesetzes standen, konnten in jeder Hinsicht genauso bösartig sein wie die härtesten Typen aus den Städten. Außerdem war die Gemeinschaft relativ klein und fest verbunden, und ihre Mitglieder verfügten über die Fähigkeit der Kleinbauern, Ereignisse zu bemerken, die so geringfügig waren, daß andere sie übersehen würden, während selbst jene, die die Gesetze befolgten – nach mallorquinischer Art –, unter Fremdenfeindlichkeit litten, die nur vorübergehend durch das Geld der Touristen gedämpft wurde.

Nahm man allerdings an, daß Clough nichts mit Drogen zu tun hatte, bedeutete das, ungewollte Fragen zu provozieren.

Warum war Lewis auf die Insel gekommen, wenn er kein Geld von Clough abholen wollte? Warum hatte Clough ihm eine Million Peseten gegeben – falls er sie Lewis gegeben hatte? Wie war Sheard, der Lewis vorher nicht gekannt hatte, so schnell in die Sache verwickelt worden – worum es sich auch immer handeln mochte –, daß man ihn ermorden mußte? Oder waren vielleicht diese Fragen falsch, weil die Annahmen, auf denen sie jeweils basierten, irrig waren?

Capella knallte sein leeres Glas wieder auf den Tisch. Noch ein kleiner Weinbrand half ihm vielleicht, seine eigenen verworrenen Gedanken zu sortieren, entschied Alvarez.

Am Donnerstag war es heißer als je zuvor, und die Luft stand absolut bewegungslos. Zwar war es noch früh, doch der Gedanke an einen eisgekühlten Drink vor dem Essen war unwiderstehlich. Alvarez verließ das Büro. Der alte Platz war voller Touristen, die nichts anderes zu tun hatten, als ihren Tag müßig verstreichen zu lassen. Er betrachtete sie neidvoll und schloß sein Auto auf, nur um zu bemerken, daß das Innere einem Backofen gleichkam, weil er vergessen hatte, die Fenster leicht offenzulassen. Manche Menschen machte die Pflicht zu Märtyrern.

Gerade als er das Haus betrat, klingelte das Telefon. Er hob ab.

»Hier ist das Labor. Ich habe versucht, Sie in Ihrem Büro anzurufen, doch Sie waren nicht da. Man sagte mir, Sie wären zu Hause, und hat mir Ihre Nummer gegeben. Wir haben die Ergebnisse der Analysen, und ich dachte, Sie würden sie gerne sofort erfahren. Negativ.«

»Wie meinen Sie das?«

»Reiner Scotch in der einen Flasche, ein Hauch von reinem Scotch in der anderen und in den Gläsern.«

»Aber . . . aber das ist unmöglich!«

»Hier geschieht das Unmögliche mit langweiliger Regelmäßigkeit.«

»Ich war sicher, daß irgendein Narkotikum in dem Whisky enthalten sein mußte.«

»Sie könnten die ganze Flasche austrinken und würden höchstens den üblichen Kater bekommen.«

Er dankte dem Anrufer und starrte blicklos auf den gerahmten Druck einer stilisierten mallorquinischen Landschaft. Wenn man sich ein Haus aus Papier baut, sollte man sich nicht wundern, wenn es umgeweht wurde. Wenn Lewis nicht unter Drogen gesetzt worden war, bestand die Möglichkeit, daß er nicht ermordet worden, sondern tatsächlich so betrunken gewesen war, daß er nicht schwimmen konnte, als er über Bord fiel. Dann *hatte* Cloughs Frau eine Million Peseten für zwei Kleider ausgegeben, Lewis *hatte* eine Geldquelle aufgetan, die nichts mit Clough zu tun hatte. Es *war* ein Zufall, daß Lewis gegenüber Cara den Namen »Larry« erwähnt hatte. Es *war* ein weiterer Zufall, daß Sheard auf einer der beiden Zufahrtsstraßen nach Annuig gefahren war, als er bei einem tödlichen Unfall umkam, und die Theorie der Abteilung für Verkehrsdelikte über die Ereignisse war falsch... Wie Katastrophen kamen auch Zufälle selten allein...

Er wanderte im Wohnzimmer, das auch als Eßzimmer diente, auf und ab. Isabel und Juan stritten sich, und Jaime saß am Tisch, Flasche und Glas vor sich.

Isabel sah hoch. »Onkel, wo liegt Valparaiso?«

»In Argentinien, Dummchen«, sagte Juan mit gönnerhafter Überheblichkeit.

»Gar nicht wahr.«

»Du weißt gar nichts.«

»Ich weiß mehr als du.«

Dolores bahnte sich ihren Weg durch den Perlenvorhang. »Was soll dieser Lärm?«

Da alle wußten, wie heftig sie werden konnte, schwiegen sie und warteten darauf, daß der jeweils andere antwortete und damit die Wucht ihres Ärgers auf sich zog.

»Nun?«

Isabels Entrüstung war stärker als ihre Vorsicht. »Er sagt, Valparaiso liegt in Argentinien.«

»Es liegt in Chile. Juan, du solltest dich besser in Erdkunde auskennen.«

»Ich habe sie nur geneckt.«

»Dann tu das leiser.« Sie ging wieder in die Küche.

Jaime beugte sich über den Tisch und sprach leise mit Alvarez. »Anstatt ihnen die Hölle heiß zu machen, sagt sie nur, sie sollten leiser sein. Sie hat die Flasche Weinbrand gesehen, aber mich nicht angegriffen, daß ich zuviel trinke – ich sage dir, das macht mich krank, wenn sie so vernünftig ist.« Er nahm die Flasche und goß sich noch ein Glas ein.

Alvarez hatte selbst zu viele Probleme, um auf Jaime zu hören.

Er parkte seinen Wagen und ging zu Fuß zum Hotel Alhambra. Der jüngere Empfangschef sagte, Señorita Glass sei vor ungefähr einer Stunde gegangen – offensichtlich zum Strand.

Alvarez ging zurück zum Auto, fuhr zur Promenade und suchte einen Parkplatz. Da die örtlichen Behörden die Anzahl der Parkplätze aus Gründen reduziert hatte, die niemandem ganz klar waren, der sich auf ein wenig Menschenverstand verließ, parkte er schließlich an einer gelben Linie. Er ging zu Fuß zu der Stelle, die Kirsty erreicht haben mußte, falls sie direkt zum Strand gegangen war, und trat in den Sand. Während er sie unter den Dutzenden von Sonnenbadenden suchte, konnte er sich der bitteren Wahrheit nicht entziehen: Alter bedeutete Verdammung. Die jüngeren konnten ihre Körper voller Unbeschwertheit zeigen, die älteren nur mit unglücklicher Ernüchterung.

Kirsty war jung, und daher war es ein Vergnügen – natürlich aus rein künstlerischer Sicht –, sie oben ohne zu sehen. Er bedauerte, daß sie in Gesellschaft eines gebräunten, aalglatten Beach-Beaus war.

»Guten Tag, Señorita«, sagte er und blieb stehen.

Der junge Mann sah hoch und schirmte seine Augen mit einer Hand ab. »Sie wünschen?« fragte er auf englisch mit schwerem, knödelndem Akzent.

»Mit der Señorita zu sprechen«, erwiderte Alvarez, ebenfalls auf englisch.

»Ein anderes Mal, Mann. Zisch ab.«

»Carlos, er ist –« begann Kirsty eilig.

Er unterbrach sie. »Ein alter Mann. Wenn er noch mehr Probleme macht, puste ich ihn um.«

»Dann pusten Sie mal nicht zu heftig«, sagte Alvarez grob auf mallorquinisch, denn die Beschreibung seiner Person erbitterte ihn, »oder Ihnen geht ganz schnell die Luft aus.«

»Wer sind Sie?«

»Cuerpo General de Policia.«

Der junge Mann versuchte, sich weiter großspurig zu geben, doch sein Ton war weitaus weniger aggressiv. »Was wollen Sie?«

»Mit der Señorita sprechen. Es ist also an Ihnen, abzuzischen.«

»Ich wollte gerade gehen.« Er stand auf und wischte sich den Sand von der Brust. »Wir sehen uns später«, sagte er zu Kirsty, bevor er voll großtuerischem Stolz davonmarschierte.

Alvarez setzte sich in den Sand und war sorgfältig bemüht, nicht auf ihre wohlgeformten Brüste zu schauen.

»Ich habe Carlos gestern kennengelernt . . .« Sie hielt inne. Sie sah ihn an, dann blickte sie weg. »Ich mochte Bert sehr, wirklich, und was da passiert ist, war schrecklich. Nur, wie Cara immer sagt, es hat keinen Zweck, ständig darüber zu jammern, denn wir sind hier im Urlaub. Wir haben nur noch drei Tage.«

»Dann hoffe ich doch, daß diese Tage fröhlicher werden als die vorausgegangenen.«

Sie nahm in der hohlen Hand ein wenig Sand auf und ließ ihn durch die Finger gleiten. »Ist . . . ist noch was passiert?«

»Nein. Aber ich will noch einmal mit Ihnen über die Nacht reden, als Sie auf dem Boot waren.«

»Muß das sein? Ich meine . . .«

»Ja, Señorita.«

»Ich bemühe mich so sehr, es zu vergessen.«

Und mit Hilfe von Carlos erfolgreich. Sie sah so jung und – falls das Wort noch irgendeine Bedeutung hatte – unschuldig aus, daß das Ausmaß ihrer Unmoral ihn sowohl überraschte als auch entsetzte. »Ich werde mich so kurz wie möglich fassen. Sie haben mir erzählt, es wäre Señor Lewis gewesen, der die volle Flasche Whisky öffnete. Hatte Señorita Fenn da schon viel getrunken?«

»Ich sagte ja schon, niemand von uns hatte das.«

»Können Sie da so sicher sein?«

»Wenn Cara beschwipst ist, kichert sie dauernd rum und bringt die Worte durcheinander. So war sie ganz und gar nicht.«

»Señor Lewis hat jedem von Ihnen etwas eingeschenkt?«

»Ja, obwohl ich sagte, ich will nichts mehr.«

»Señor Sheard begann zu gähnen und über Schwindelgefühl zu klagen. Zeigten auch Señorita Fenn und Señor Lewis Müdigkeit und Schwindel?«

Sie beugte sich vor, bis ihre Brüste gegen ihre hochgezogenen Beine drückten, legte die Arme um die Beine und verschränkte ihre Finger, legte das Kinn auf die Knie und beobachtete einen Wasserskiläufer, der im Zickzack hinter einem Schnellboot herraste. »Ich weiß es nicht. Ich meine, ich dachte nicht darüber nach, was sie da taten.«

»Aber vielleicht ist es Ihnen ganz kurz aufgefallen, kurz bevor Sie einschliefen?«

»Sie waren beide fix und fertig. Eingeschlafen, meine ich. Und ich erinnere mich, daß ich dachte, so wie Cara dalag, würde sie auf dem Boden aufwachen, wenn sie nicht aufpaßte. Und so war es dann auch.«

Der Verlauf des Abends ließ darauf schließen, daß in der

vollen Whiskyflasche Drogen gewesen waren. Der Beweis der Gerichtsmediziner zeigte, daß dem nicht so war. »Und während der Nacht, da glaubten Sie zu hören, wie jemand in der Kabine umherging?«

»Es war ein Alptraum.«

»Als wir das letzte Mal darüber sprachen, waren Sie sich da gar nicht so sicher.«

»Nun, jetzt bin ich es.«

Sie fand den Gedanken, daß ihr Gedächtnis das Produkt eines Alptraums war, vermutlich weitaus angenehmer, als die Möglichkeit, daß sie Lewis vielleicht gehört hatte, wie er nach hinten ging, und daß sie ihn vielleicht hätte retten können, wenn sie sich nur zusammengerissen hätte. »Können Sie beschreiben, was für Bewegungen das waren?«

»In einem Alptraum ist nichts normal.«

Von ihr würde er keine Tatsachen mehr hören, die die Möglichkeit bestätigen oder entkräften würden, daß sie mit halbem Ohr – da sie ja genauso betäubt war wie die anderen – gehört hatte, wie jemand die beiden Whiskyflaschen und Gläser austauschte, um Beweise zu vernichten, die gezeigt hätten, daß Lewis ermordet worden war. Er stand auf. »Vielen Dank, Señorita, daß Sie sich freundlicherweise an Stunden erinnert haben, die Sie so gerne vergessen möchten. Ich werde Sie nicht wieder belästigen.«

Sie legte sich hin und stützte sich auf die Ellbogen.

Ihre Bewegung hatte seinen Blick abgelenkt, obwohl er das nicht gewollt hatte. Ihre Brüste waren seidiger und hübscher geformt als reife Dattelpflaumen ...

Während er über den Sand zurück zu den Pinien ging, fragte er sich, wer der Narr war, der die Frauen als das schwache Geschlecht bezeichnet hatte.

## 12

Alvarez saß am Fenster des Club Llueso und trank den Rest seines Kaffees mit Weinbrand. Heute war Freitag, morgen Samstag. Nur unter sehr ungewöhnlichen Umständen mußte er an einem Samstagnachmittag arbeiten. Der übernächste Tag war Sonntag. Die Umstände mußten schon absolut außergewöhnlich sein, wenn er an einem Sonntag arbeiten mußte. Und diese rosige Zukunft wurde noch schöner durch Dolores' gleichbleibend gute Stimmung, so daß das Mittagessen sicher wieder ein Festmahl würde.

Er sah auf die Uhr und merkte überrascht, wie lange er schon im Club war. Er zahlte und ging über den Platz und die Straße hinunter zum Revier. Er saß noch keine Minute an seinem Schreibtisch und grübelte gerade über das Durcheinander von Papieren, Akten, ungeöffneten Briefen und Notizen nach, die keinen Sinn ergaben, als das Telefon klingelte. Die Sekretärin mit der Samtstimme sagte ihm, sein Vorgesetzter wünsche ihn zu sprechen. Es gab eben keine perfekten Tage, dachte er seufzend.

»Haben Sie den Bericht im Fall Lewis aus dem gerichtsmedizinischen Labor bekommen?« wollte Salas wissen.

»Den vorläufigen, ja, Señor.«

»Dann wissen Sie ja, daß weder der Whisky in der Flasche noch der Bodensatz in der zweiten Flasche oder in den Gläsern irgendein Narkotikum enthalten hat?«

»So ist es, Señor.«

»Also gibt es keinen logischen Grund mehr zu bezweifeln, daß das Verschwinden des vermißten Mannes Folge eines Unfalls unter Alkoholeinfluß war?«

»Unter Umständen, die anscheinend so undurchsichtig sind –«

»Das liegt an Ihnen, Alvarez. Sie sehen hinter allem einen verborgenen Sinn. Wenn die Dinge nicht schon wirr sind, beeilen Sie sich, dafür zu sorgen.«

»Aber in diesem Fall –«
»Jetzt kann es keine Probleme mehr geben.«
»Ich bin immer noch verwirrt, weil –«
»Weil praktisch alles Sie verwirrt. Der Chef des Labors hat mich über die Gesamtrechnung informiert, die er der Abteilung stellen wird. Haben Sie eine Vorstellung davon, wie hoch sie ist?«
»Ich fürchte nicht, Señor.«
»Weit über zweihundertfünfzigtausend Peseten.«
»Das erscheint mir ziemlich viel –«
»Wenn man bedenkt, daß die Analysen nicht genehmigt waren, dann ist es in der Tat eine sehr hohe Summe.«
»Wie ich schon sagte, war ich der Meinung, daß Tests unter diesen Umständen abslout notwendig waren, um herauszufinden, ob der Whisky Drogen enthielt.«
»Welche Umstände?«
»Die Tatsache, daß sie alle einschliefen, als sie gerade bei der Sache waren.«
»Bei welcher Sache?«
»Sex, Señor.«
»Mein Gott! Stehen Sie unter irgendeinem perversen Zwang? Müssen Sie bei jedem Gespräch dieses Thema anschneiden?«
»Und dann war da noch Señorita Glass' Alptraum«, beeilte sich Alvarez zu sagen.
»Wollen Sie etwa sagen, daß die Basis für Ihre Ermittlungen der Alptraum einer Frau war? Dann haben Sie doch zweifellos auch eine Hellseherin und einen Geisterbeschwörer konsultiert?«
»Die Sache ist die, daß ich dachte –«
»Ich habe weder Zeit noch Lust, Ihren Gedanken zu folgen. In Zukunft werden Sie haarklein jede einzelne Verfahrensregel beachten, ohne Ausnahme. Ist das klar?«
»Ja, Señor.«
»Es gibt keinen Spielraum mehr für Verwirrungen?«

»Nein, Señor.«
Die Leitung war tot.

Pascoe hatte ein Vermögen mit der Herstellung von Pornovideos gemacht. Doch da die im Ausland lebende Gemeinde eher kleingeistig war, behauptete er stets, er verlege Lehrmittel.

Natürlich mußte ein Mann in seiner Position ein Boot besitzen, auch wenn er das Meer fürchtete, und er hatte gerade ein vierzig Fuß langes Motorboot kaufen wollen, als er gerade noch rechtzeitig erfahren hatte, daß ein Bekannter ein zweiundvierzig Fuß langes Boot erstanden hatte. Sofort hatte er den Kauf eines fünfundvierzig Fuß langen Schiffes in die Wege geleitet. Er war ein geselliger Mann und liebte es, ausschweifende Partys zu geben, ganz besonders an Bord seines Kreuzfahrtschiffes und ganz besonders für all jene, die Grund hatten, ihn zu beneiden.

Wenn er unterwegs war, hielt er sich gern auf der Laufbrücke auf, eine Schirmmütze marinemäßig schief auf dem Kopf. Als Vollzeitkapitän, Schiffsingenieur, Schmierer und Steward hatte er Milne eingestellt.

»Reicht Ihnen das, Käpt'n?« fragte Milne am Steuer.

Es war Pascoe noch nie in den Sinn gekommen, daß die Anrede »Käpt'n« eher sarkastisch als respektvoll klingen könnte. Mit den Augen suchte er die Wasseroberfläche ab. Die Insel lag ungefähr fünf Kilometer nördlich, und durch den heißen Dunst wirkte sie verschwommen. Zwischen ihnen und der Insel schaukelten zwei Jachten in der leichten Brise. Für ihn waren die Besitzer von Jachten die langweiligsten Menschen überhaupt, die nur über Segelleinen, Falleinen und Halsen sprachen statt über Termingeschäfte und Interimsaktien. Weit entfernt an Backbord lag ein Schiff. »Maschinen stop!«

Milne griff nach vorne, um beide Motorschalthebel auf neutral zu ziehen, und stellte den Motor ab. Jetzt war das leise

Geräusch der Schiffsbewegungen und des Wassers zu hören, das gegen den Rumpf schwappte.

»Halten Sie die Augen offen«, befahl Pascoe.

»Jawohl, Käpt'n.«

Er rückte seine Kappe zurecht und bahnte sich seinen Weg die Stufen hinunter in den Salon, dann nach achtern auf das offene Deck, wo eine Persenning Schatten spendete. Mehrere Männer und Frauen waren hier versammelt und tranken mit der Begeisterung armer Verwandter.

»Muß acht Glas sein«, sagte Kerr.

»Was meinen Sie damit?«

»Ende der Wache.«

Pascoe ärgerte sich, daß er das nicht verstanden hatte. »Ich habe beschlossen, daß wir ein wenig pausieren«, sagte er aufgeblasen. Er mochte Kerr nicht, der mehr oder weniger ständig betrunken war und auch zur Familie gehörte. Sein Bruder war ein bekannter Landbesitzer in Schottland.

Er ging zur Mitte des Decks, stemmte seine Füße gegen die nicht vorhandene Dünung, legte die Hände um den Mund, um den nicht vorhandenen Sturm zu übertönen, und rief: »Wer hat Lust, vor dem Essen schwimmen zu gehen?«

Monika, die übermäßig aufgetakelt war, dafür aber so wenig Kleidung trug, daß ihr Dekolleté der Phantasie gerade mal eben noch etwas zu tun gab, sagte mit rauchiger Stimme: »Ich habe nicht daran gedacht, daß wir schwimmen gehen würden. Ich habe keinen Badeanzug dabei.«

Man konnte sich darauf verlassen, daß Turner die offensichtliche Bemerkung machte: »Dann geh nackt rein.«

Sie klimperte mit den Wimpern. »Und du beäugst mich dabei?«

»Ich verspreche, nicht hinzusehen.«

»Meine Mutter hat mir gesagt, ich soll niemals dem Versprechen eines Mannes glauben, solange er seine Beine nicht übereinandergeschlagen hat.«

»Sehr klug«, sagte Hilda Pascoe. Sie war plump, heiter und

zufrieden mit allem, was das Leben ihr bot, doch sie bedauerte die zielstrebigen sozialen Ambitionen ihres Mannes, denn das bedeutete, daß sie sich viel zu häufig mit Leuten abgeben mußte, mit denen sie lieber nicht zusammengewesen wäre. »Und niemand braucht hier in Aufregung zu geraten, denn wir haben mehrere Badeanzüge in der Kabine, und ich bin sicher, einer davon wird dir gut passen.«

»Das nenne ich Optimismus«, sagte Turner.

Hilda und Monika gingen durch den Salon nach vorne zu den Kabinen, ein paar andere folgten ihnen. Nach fünf Minuten waren die meisten im Wasser.

Es war Turner, der rund hundert Meter vom Boot entfernt zu rufen begann und mit den Armen wedelte. Die anderen Schwimmer, die ihn nicht deutlich erkennen konnten, nahmen an, daß er Unsinn machte, und jemand rief ihm zu, ob Monika ihn am Haken hätte. Milne jedoch, der auf der Laufbrücke stand und besser sehen und die Panik in Turners Bewegungen erkennen konnte, griff sich ein Fernglas und sah hindurch. Ihm war sofort klar, daß Turner keinen Krampf hatte, denn er schwamm inzwischen in elegantem Kraul zurück zum Boot. Milne ließ den Blick über das Meer schweifen, denn ihm fielen die belegten Geschichten über weiße Haie im Mittelmeer ein. Er wollte schon den Motor anwerfen, doch er begriff, daß er niemals rechtzeitig kommen würde, falls es sich tatsächlich um einen Haiangriff handelte. Turner nahm etwas aus dem Wasser, das so nahe unter der Oberfläche schwamm, daß Teile davon hin und wieder deutlich erkennbar waren. Einen Augenblick lang konnte er es nicht identifizieren. Als er es erkannte, fluchte er.

Nur wenige Augenblicke waren so voller seliger Zufriedenheit wie an einem glühendheißen Samstagnachmittag, wenn er perfekt gegessen und dem Wein zugesprochen hatte, zurückgezogen und nackt im Schlafzimmer lag und wußte, er mußte nicht zurück ins Büro, die Augen schloß und seinen

Gedanken gestattete, herumzuwandern. Die Bilder verschwammen ineinander, jedes einzelne wurde immer abstrakter ...

Unten klingelte das Telefon.

Alvarez wurde aus dem Schlaf gerissen und verfluchte den Anrufer mit aller rüden Unflätigkeit, derer ein Mallorquiner fähig war. Als das Klingeln nicht aufhörte, fragte er sich, warum Dolores nicht nach unten eilte. Sollte er selbst aufstehen, durch den Flur gehen und an ihre Tür hämmern, um sie zu wecken ... Das Klingeln hörte auf.

Er streckte die Hand aus, um den Ventilator besser auszurichten, damit der Luftzug ihn etwas höher traf, und kuschelte sich wieder ins Kissen. Er wollte gerade wieder einschlafen, als das Telefon erneut klingelte. Ganz offensichtlich hatte der Idiot am anderen Ende noch mal gewählt, nachdem die Verbindung automatisch gekappt worden war ...

An seiner Tür waren Schritte zu hören. Dolores hatte endlich beschlossen, nach unten zu gehen. Er hoffte, sie würde trotz ihres momentanen sonnigen Gemüts dem Anrufer sagen, was sie von Leuten hielt, die während der Siesta anriefen ...

Das Hämmern an der Tür kam so unerwartet – er hatte nicht gehört, daß sie wieder raufgekommen war –, daß er zusammenzuckte. »Es ist für dich«, rief sie.

»Bist du sicher?«

Keine Antwort.

Widerwilig setzte er sich auf, schwang seine Beine auf die Erde, stand auf, zog seine Hose an – sie bestand darauf, daß kein Bewohner des Hauses in Unterwäsche herumlief – und ging nach unten.

»Das Revier –«

Er unterbrach den Sprecher. »Was soll das, um diese Zeit anzurufen?«

»Muß meine Pflicht tun, Sie lausiger Siebenschläfer.«

»Agustin, oder? Ich werde dafür sorgen, daß Sie versetzt

werden und die nächsten zehn Jahre in einem gottverlassenen Nest mitten in Andalusien verbringen.«

»Glauben Sie wirklich, daß der Teniente auf Sie hören wird? ... Gerade kam die Hafenpolizei durch. Eine Motorjacht ist in den Hafen eingelaufen; sie haben fünf Kilometer außerhalb der Bucht eine Leiche gefunden.«

»Und?«

»Sie haben sie mit einer Boje markiert, und Sie können jetzt hinausfahren und sie bergen.«

»Meine Arbeit beginnt erst, wenn die Leiche an Land ist.«

Das offene Fischerboot, das nach traditioneller Art gebaut war, näherte sich genau zwischen dem Hafen und dem kleinen häßlichen Feriendorf dem Strand – eine Stelle der Bucht, wo die Wahrscheinlichkeit, daß Touristen auftauchten, am geringsten war. Der Steuermann brachte den Einzylinder-Dieselmotor in Neutralstellung, dann in den Rückwärtsgang, damit das Boot nicht auf den Kies des Strandes auflief. Zwei Cabos mit hochgerollten Hosen verfluchten alles und jeden, wateten ins Wasser, hoben einen Leichensack hoch und brachten ihn an Land.

Falls es irgend etwas gab, das Alvarez mehr verabscheute als den Tod zu sehen, konnte er es nicht in Worte fassen. Den Tod anzuschauen hieß, daß Bild der eigenen sicheren Sterblichkeit zu sehen, daran erinnert zu werden, daß selbst dieser winzige Schmerz nach dem Aufstehen das erste Anzeichen sein konnte, daß man dem Opfer bald Gesellschaft leistete. Er gab sich einen Ruck und zog den Sack zurück, bis er freien Blick auf das Gesicht hatte. Der Tod wurde oft als gnädig beschrieben, die Nachwirkungen waren es nie. Er erkannte Lewis nach dem Paßfoto, doch dazu war ein beträchtliches Maß an Rekonstruktionsvermögen nötig.

13

Als Alvarez am folgenden Dienstag aufs Revier kam, informierte ihn der diensthabende Cabo, daß das gerichtsmedizinische Labor angerufen habe und ihn bitte, zurückzurufen. Er ging die Treppe hinauf in sein Büro und setzte sich. Als er wieder zu Atem gekommen war, wählte er die Nummer in Palma.

»Die Todesursache war Ertrinken«, sagte Professor Fortunatos Assistent. »Darüber kann es aufgrund aller klassischen Zeichen keinen Zweifel geben – aufgeblähte Lungen, deutlicher Blutandrang und Blausucht in der rechten Herzkammer, mikroskopische Algenablagerungen in Atemwegen und Magen. Daß er in Salzwasser ertrunken ist, wird durch die Tatsache untermauert, daß der Chloridgehalt der linken Herzkammer höher ist als in der rechten. Allerdings ist noch die Frage, ob er vor seinem Tod überfallen wurde.«

Alvarez holte tief Luft. »Wie unklar ist es?«

»Da liegt der Hase im Pfeffer. Die Temperatur des Wassers hat dafür gesorgt, daß die Verwesung recht schnell eingesetzt hat, und der Leiche wurde beträchtlicher Schaden durch Fische zugefügt. Wenn Sie gerne Einzelheiten hören möchten –«

»Danke, nur die Schlußfolgerungen«, erwiderte er hastig.

»Am Rücken befinden sich zwei blaue Striemen. Leider können wir nicht feststellen, ob sie vor oder kurz nach dem Tod zugefügt wurden. Wie Sie wissen, schleudern Wellen oder Wind häufig herumschwimmenden Müll gegen Leichen im Meer, und das ist als Erklärung auch am wahrscheinlichsten. Eines ist an den blauen Flecken jedoch interessant: Die Linien verlaufen parallel, ungefähr im Abstand von dreißig Zentimentern. Es wäre schon ein enormer Zufall, wenn zwei Gegenstände im Wasser eine Leiche zur selben Zeit oder nacheinander in genau parallelem Abstand treffen würden.

Andererseits ist es schwierig, sich eine Angriffswaffe vorzustellen, die aus zwei Stangen im Abstand von dreißig Zentimetern besteht – sehr plump. Natürlich bleibt da noch die Möglichkeit, daß ein Angreifer zweimal nacheinander zugeschlagen hat, doch auch da stellt sich das Problem, daß die Streifen parallel verlaufen. Könnte Zufall sein, so was kommt vor.«

»Angenommen, diese Striemen wurden von einem Schlag verursacht – hätten sie Lewis umgehauen?«

»Schwer zu sagen. Zumindest hätte er Schwierigkeiten gehabt, nicht aus dem Gleichgewicht zu geraten.«

»Hätten die Schläge ihn außer Gefecht gesetzt?«

»Das bezweifle ich. Das heißt, wenn er beim Umfallen keine weiteren Verletzungen erlitten hätte.«

»Gibt es dafür irgendwelche Anzeichen?«

»Keine.«

»Mit einem Wort, Sie können nicht mit Sicherheit sagen, was geschehen ist?«

»Ich fürchte nicht. Tut mir leid, aber der Zustand der Leiche ist einfach zu schlecht. Nach mehreren Tagen im Wasser mitten im Sommer –«

»Schon klar«, unterbrach Alvarez ihn. Er fragte sich, warum Pathologen immer so erpicht darauf waren, über die grausigen Einzelheiten ihrer Arbeit zu sprechen. Er dankte dem Mann und legte auf. Er kratzte sich an der Nase und starrte durch das Fenster auf die kahle Mauer des Gebäudes auf der anderen Seite der Straße. Für sich genommen waren die Informationen, die er gerade bekommen hatte, ebenso doppeldeutig wie die anderen. Aber wenn er zeigen konnte, daß auch nur ein Teil davon eindeutig war . . .

Er fuhr zum Hafen hinunter, parkte den Wagen und ging ins Büro von Gomila y Hijos. Die junge Frau lackierte wieder ihre Nägel, beäugte ihn voller Geringschätzung und erinnerte sich ganz offensichtlich nicht an ihn. Er half ihr auf die Sprünge.

»Was ist jetzt wieder los?« fragte sie.

»Liegt die *Aventura* noch im Hafen?«

Sie zuckte die Achseln.

»Vielleicht könnten Sie so freundlich sein und Ihre Arbeit zur Seite legen, um es zu überprüfen«, sagte er mit höflichem Sarkasmus.

Mürrisch tippte sie ein paar Worte in ihren Computer, und die Information erschien auf dem Bildschirm. »Niemand hat es gechartert, also muß es hier sein.«

Trotz der kurzen Entfernung fuhr er mit dem Wagen zum östlichen Ausläufer des Hafens und parkte so nahe an der *Aventura* wie möglich. Bei dieser Hitze war unnötige körperliche Betätigung gefährlich.

Die Laufplanke hatte er ganz vergessen. Er schluckte ein paarmal, rief den heiligen Christophorus um Beistand an und ging schließlich an Bord. Trotz der Versuchung hinunterzublicken, hielt er die Augen an einen Punkt hoch über dem gähnenden Abgrund fixiert.

Mit einem Metallmaßband bestimmte er die Lücke zwischen den Streben am Heck. Einunddreißig Zentimeter. Das war ein Zufall zuviel. Er stellte sich den Mörder vor, wie er an Bord kletterte, während die *Aventura* vor Anker lag, wie er die Kabine betrat, wo die vier betäubt lagen, wie er Lewis ergriff und nach draußen zerrte – was Kirsty halb bewußt hörte – und wie er das Bündel unter Mühen über das Heck fallen ließ. Ein schlaffer Körper war ganz besonders schwierig zu bewegen, denn die Arme und Beine schlackerten einfach so herum und veränderten ganz unerwartet das Gleichgewicht. Während der Mörder versucht hatte, den bewußtlosen Lewis über Bord zu hieven, hatte er die Kontrolle verloren und war mit Lewis' Rücken gegen die Reling gestoßen. Danach hatte der Mörder den Körper unter Wasser gedrückt . . .

Alvarez steckte das Maßband in die Tasche. Ausnahmsweise würde Salas mal zugeben müssen, daß seine Arbeit brillant und fehlerlos war.

An jenem Abend rief er um Viertel nach sechs in Palma an und sprach mit Salas' Sekretärin: »Kann ich mit dem Chef sprechen?«

»Nein«, erwiderte sie.

»Es ist wichtig.«

»Das spielt keine Rolle. Er mußte nach Salamanca fliegen.«

»Wann kommt er zurück?«

»Ich habe keine Ahnung.«

»Können Sie ihn kontaktieren?«

»Wenn Sie etwas wollen, müssen Sie mit Comisario Borne sprechen.«

Er dankte ihr und legte auf.

Comisario Borne war ein Mann, der das Leben so ernst nahm, daß er glaubte, die Verfügungen seiner Vorgesetzten seien in Stein gemeißelt, und dem die Vorstellungsgabe fehlte zu erkennen, daß eine Tatsache für sich genommen das eine bedeuten, kombiniert mit einer anderen jedoch auf etwas ganz anderes hinweisen konnte. Es wäre nutzlos gewesen, Comisario Borne zu bitten, eine Anordnung des höchsten Vorgesetzten zu übergehen. Den Tod von Lewis und Sheard jedoch ohne ausdrückliche Genehmigung weiterzuverfolgen, hieße, die Schwierigkeiten geradezu herauszufordern...

Er verließ das Gebäude und ging zurück zu seinem Wagen, fuhr hinaus nach Llueso durch das Laraix-Tal und die vielfach gewundene Straße in die Berge hinauf. Er parkte in einer natürlichen Parkbucht, stieg aus und ging hinüber zu einer Eiche, wo er sich auf einen abgerundeten Felsbrocken setzte. Zu seiner Linken lag ein Tal, auf dessen anderer Seite die Berghänge ganz kahl waren, mit Ausnahme sonderbarer Flecken mit rauhem Gras. Das unebene Land zu seiner Rechten, übersät mit Felsnasen, welche vom Alter abgeschliffen waren und von Ansammlungen gebeugter Bäume gesprenkelt, stieg an und ging über in die Flanken weiterer Berge, die noch höher und kahler waren und selbst im grellen Sonnenlicht bedrohlich wirkten. Gebäude waren nicht zu sehen.

Hierher kam er immer, wenn er Probleme hatte. Die Einsamkeit, das Land, das sich seit Äonen nicht verändert hatte und daher sowohl Vergangenheit wie Gegenwart war, das Verständnis dafür, daß er inmitten dieser Größe der Natur ein Fremder war, riefen in ihm das Gefühl völliger Bedeutungslosigkeit hervor. Die Erfahrung hatte ihn gelehrt, daß man nur dann, wenn man wußte, wie absolut unbedeutend man war, wirklich ehrlich dachte.

Wenn er davon überzeugt war, daß er recht hatte und alle anderen unrecht, wurde seine Überzeugung dann von einem unguten Stolz angefeuert? Salas hielt ihn für inkompetent. Widersprach er also lediglich deshalb, weil er dies für die Art des schwachen Mannes hielt, sich selbst zu erhöhen? Er war als Bauer geboren – war er ein sturer, verbohrter Bauer geblieben?

Er glaubte, daß Gerechtigkeit fast genauso wichtig für den Menschen war wie das Brot, das er aß, das Wasser, das er trank, und die Luft, die er atmete. Ohne Gerechtigkeit konnte es nur Chaos geben, in dem ein paar Starke sich entfalteten und die vielen Schwachen zugrunde gingen. Gerechtigkeit verlangte nach Wahrheit, also mußte ein Mensch, der danach strebte, doch im Recht sein, auch wenn sein Motiv vielleicht suspekt war.

Er fuhr zurück ins Dorf, ging hinauf in sein Büro, rief im gerichtsmedizinischen Labor an und bat um eine volle Analyse von Lewis' Blut.

Er legte den Hörer wieder auf die Gabel. Es jagte ihm Angst ein, als er erkannte, wie lange er gebraucht hatte, bis ihm klar war, daß jemand, der den Whisky mit Betäubungsmitteln versetzt und dann gewartet hatte, bis alle betäubt waren, und dann zum Boot geschwommen war und Lewis über die Reling warf . . . daß so ein Mann über Phantasie und Voraussicht verfügte. So ein Mann würde die Flasche mit dem Betäubungsmittel und die Gläser ersetzen, so daß im Falle von Verdächtigungen und Analysen das Ergebnis negativ wäre und zu der Schlußfolgerung führte, daß Lewis' Tod ein Unfall gewesen sein mußte.

Die beiden Anrufe kamen schnell hintereinander am Donnerstag morgen.

»Wir haben unsere Analysen im Fall Lewis abgeschlossen«, sagte der Assistent der Gerichtsmedizin.

»Haben Sie etwas gefunden?«

»Ja, das haben wir.«

Alvarez genoß die große Befriedigung, bewiesen zu haben, daß die Welt unrecht war.

»Sagt Ihnen der Begriff Chloralhydrat etwas?«

»Ich glaube nicht.«

»Das ist ein Hypnotikum, wird normalerweise medizinisch angewendet, um einen Zustand hervorzurufen, der dem natürlichen Schlaf ähnelt. In der Vergangenheit war es sehr beliebt bei Kriminellen, die potentielle Opfer dazu brachten, es vermischt mit einem Drink zu trinken. Danach konnte man die Opfer ausrauben, ohne ein Risiko einzugehen.«

»Sie sprechen über einen Mickey Finn! Den echten Namen kannte ich nicht. So wurde Lewis also betäubt!«

»Um genau zu sein, nein. Chloralhydrat wird normalerweise ein unangenehmer Geschmack zugeschrieben – Sie und ich würden es ekelhaft nennen. Es war daher schwierig, das Zeug in einem Getränk zu tarnen, und wenn das mögliche Opfer nicht ohnehin schon halb betrunken war, hätte es das Gesöff vermutlich gleich wieder ausgespuckt. Doch ein abtrünniger Chemiker aus den Staaten hat an dem Problem gearbeitet und den fiesen Geschmack durch eine leichte Modifikation in der Hydrolyse von Trichloethanol geschaffen. Als Ergebnis konnte man das Narkotikum in einen trockenen Martini oder eine Bloody Mary geben, und selbst ein nüchternes Opfer trank es bereitwillig. Berichten zufolge hat dieses Narkotikum für den Kriminellen nur einen Nachteil: Bei einigen Leuten fördert es eine vorübergehende hysterische

Gewalttätigkeit, bevor sie ohnmächtig werden. Ein Möchtegerndieb wurde zu Brei geschlagen, bevor sein Opfer zusammenbrach. Der seltene Fall, daß der Schütze erschossen wird!«

»Und es war dieses modifzierte Chloralhydrat, das Lewis getrunken hat?«

»Genau.«

Gleich nach dem Anruf öffnete Alvarez die rechte Schublade seines Schreibtisches und holte eine Flasche Weinbrand und ein Glas hervor. Zur Feier des Tages wollte er sich gerade etwas eingießen, als erneut das Telefon klingelte.

»Sind Sie wirklich so dumm, wie sich aus Ihrem Vorgehen schließen läßt?« wollte Salas wissen.

»Ich dachte, Sie wären in Salamanca, Señor –«

»Habe ich angeordnet, daß Sie die Ermittlungen zum Fall Lewis abschließen, oder nicht?«

»Ja, aber –«

»Noch ein ›Aber‹, und Sie können sich in die Schlange der Arbeitslosen einreihen. Haben Sie nicht zugestimmt, daß mein Befehl nicht fehlinterpretiert werden konnte?«

»Ja, Señor, aber –«

»Aber anstatt ihn falsch zu interpretieren, haben Sie sich ihm ganz einfach widersetzt und das Institut gebeten, an den Proben des Toten weitere Analysen durchzuführen.«

»Aufgrund der Tatsachen –«

»Die Ihnen sagten – oder gesagt hätten, wenn Sie die Informationen akzeptiert hätten –, daß es keinerlei Hinweise gab, daß der Mann anders als durch Ertrinken zu Tode gekommen ist.«

»Tatsächlich hatte der Tote zwei blaue Striemen auf dem Rücken –«

»Die ihm, wie man Ihnen sagte, auch sehr gut nach dem Tod zugefügt worden sein konnten.«

»Das Problem ist, daß sie parallel und im Abstand von dreißig Zentimetern lagen.«

»Wären es zwanzig oder vierzig gewesen, hätten Sie dann die offensichtliche Schlußfolgerung ohne Widerworte akzeptiert?«

»Das hat mich nachdenklich gemacht.«

»Bitte übertreiben Sie nicht.«

»Ich ging noch einmal an Bord der *Aventura* und habe den Abstand zwischen den Streben am Heck gemessen. Von Mitte bis Mitte sind es einunddreißig Zentimeter. Daraus ergibt sich so gut wie sicher, daß die Striemen verursacht wurden, als Lewis gegen die Reling fiel.«

»Und es ist Ihnen nicht in den Sinn gekommen, daß ein Betrunkener schon mal hinfällt?«

»Alle Beweise deuten darauf hin, daß er nicht betrunken war.«

»Beweise, die von gleichermaßen benebelten Kameraden geliefert wurden.«

»Ich bin sicher, Señorita Glass war nicht betrunken. Sie hat einen ziemlich empfindlichen Magen, und wenn sie zuviel trinkt, geht es ihr schlecht.«

»Wie kommt es nur, daß Sie immer, wenn Sie gebeten werden, Ihre völlige Mißachtung anderer zu erklären, von den Verdauungsproblemen irgendeiner Frau reden?«

»Ich wollte nur erklären, warum ich sicher bin, daß Lewis nicht betrunken war.«

»Wenn er nüchtern gewesen wäre, als er über Bord fiel, wäre er zurückgeschwommen und hätte sich wieder an Bord gezogen. Falls er das aus irgendeinem Grund nicht tun konnte, hätte er um Hilfe gerufen.«

»Er ist nicht über Bord gefallen, Señor.«

»Haben Sie jetzt völlig den Verstand verloren? Wollten Sie mir nicht gerade erzählen, daß die Striemen auf seinem Rücken entstanden sind, als er über Bord fiel?«

»Als er gegen die Reling prallte. Er wurde aus dem Salon gezerrt und über das Heck geworfen. Aber es ist sehr schwer, einen bewußtlosen Körper zu heben, und als er hinübergehievt wurde, klappte sein Körper zusammen, sein Rücken schlug mit beträchtlicher Wucht gegen die Reling.«

»Wollen Sie jetzt etwa andeuten, daß einer der anderen auf dem Boot, die Ihren Worten zufolge noch vor wenigen Augenblicken alle bewußtlos waren, ihn ins Wasser geworfen hat?«

»Der Mörder schwamm vom Ufer herbei oder kam wahrscheinlicher noch mit einem anderen Boot –«

»Warum sollten Sie auch mit nur einem auf oder im Wasser lebenden, mordenden Wahnsinnigen zufrieden sein? Warum nicht die Gelegenheit nutzen und die Verwirrung noch vergrößern, indem Sie von zwei, drei oder vier reden? . . . Sie sollten nicht allzu überrascht sein zu hören, daß dieses Gespräch den Verdacht bestätigt, daß Sie für Ihre Position nicht mehr tragbar sind. Daher habe ich die Absicht –«

»Señor.«

»Unterbrechen Sie mich nicht.«

»Haben Sie mit dem gerichtsmedizinischen Labor gesprochen?«

»Wie sonst hätte ich wohl erfahren, daß Sie sich meinen Befehlen ganz einfach widersetzt haben? Daß Sie auf die Information hin, es handle sich um einen schlichten Unfall durch Ertrinken, sofort um umfangreiche und sehr kostspielige Analysen der Proben von dem Toten gebeten haben?«

»Aber die Ergebnisse hat man Ihnen nicht genannt?«

»Das war kaum nötig.«

»Man hat mich angerufen, kurz bevor Sie in der Leitung waren. Lewis ist mit modifiziertem Chloralhydrat betäubt worden, was erklärt, warum er nicht rufen oder schwimmen konnte.«

Langes Schweigen. »Was ist Chloralhydrat?«

»Wir kennen es als Mickey Finn. Anscheinend war es früher mal ekelhaft schmeckendes, schwer zu verbergendes Zeug, doch ein Chemiker in Amerika hat es geschafft, daß es weniger abstoßend schmeckt, und jetzt kann man es nur allzu leicht erfolgreich anwenden.«

»Es gibt keinen Zweifel?«
»Keinen, Señor.
Salas legte wortlos auf.
Der Drink, den sich Alvarez eingoß, wäre nicht so groß gewesen, wenn der Chef nicht angerufen hätte.


14

Das Fax aus England erreichte ihn am Freitag morgen: Der Bericht war umfangreicher, als Alvarez erwartet hatte.
Lawrence Charles Clough hatte keine Vorstrafen, und sein Name stand nicht auf der »gelben Liste« (dieser Begriff wurde nicht erklärt, doch offensichtlich bezog er sich auf die Informationen, die alle Polizeiorgane bekamen und zu den Akten legten – die Namen von Männern und Frauen, die eines Verbrechens verdächtigt wurden, gegen die jedoch nur ungenügende Beweise vorlagen). Er hatte Geschäfte mit Bauland gemacht und war aufgrund der allgemeinen schlechten Wirtschaftslage mit einigen Investitionen in Schwierigkeiten geraten. Die Banken, von denen er sich Kapital geliehen hatte, beobachteten den Fall der Grundstückspreise und verlangten entweder Rückzahlung oder weitere Sicherheiten. Letzteres hatte er bei Vera Reece, einer sehr reichen Frau, gesucht und gefunden. Sie hatte einen Teil ihres Vermögens als Sicherheit für seine Schulden gegeben. Später hatte er ein wenig Land gefunden, das zum Verkauf stand und seiner Meinung nach sein Glück wiederherstellen konnte. Sie war mit den Bankleuten übereingekommen, ihr Kapital als Sicherheit zu erhöhen, doch schon wenige Tage später hatte sie diese Vereinbarung widerrufen. In der Woche darauf hatte sie ihre Bürgschaft erneuert. Die Gründe dafür waren nicht bekannt, doch man ging davon aus, daß sie ihren Mann verdächtigte, untreu zu sein (er war bekannt dafür, es mit seinem Ehegelübde nicht

allzu genau zu nehmen), doch er hatte sie irgendwie davon überzeugt, daß sie unrecht hatte. Zu Beginn des Jahres war es ihm gelungen, für das fragliche Land eine Baugenehmigung zu bekommen, und durch den Erlös des Verkaufs hatte er seine Schulden tilgen können. Nicht lange danach hatten er und seine Frau England verlassen, um im Ausland zu leben.

Über Neil Andrew Lewis war nur wenig bekannt, bis er im Alter von neunzehn wegen Raubüberfällen verurteilt wurde. Mit dreiundzwanzig wurde er mit zwei anderen Männern wegen schweren Raubüberfalls verurteilt und saß viereinhalb Jahre ab, bis er gegen Ende des vergangenen Jahres entlassen wurde.

Von keinem der beiden Männer war eine Verbindung zum Drogenmilieu bekannt.

Alvarez legte das Fax auf seinen Schreibtisch. Wenn keine Drogen, was dann? Erpressung?

Er bog um eine Kurve, und Son Preda kam in Sicht. Neid mochte zwar eine der Todsünden sein, doch wie sollte man ihn vermeiden, wenn man solch einen Besitz hatte? Sollte er *El Gordo* gewinnen oder die *Primitiva*, wenn der Jackpot auf achthundert Millionen gestiegen war, dann würde er sich so etwas kaufen und sein gewonnenes Geld verschwenderisch für Land ausgeben. Er würde die Olivenbäume beschneiden und ernten, die Olivenpresse wieder instand setzen, und die Oliven, in Lagen gepackt und von der riesigen Holzpresse ausgepreßt, die von Maultieren betrieben wurde, würden ihr goldenes Olivenöl spenden. Er würde die Mühlräder reparieren, damit ihre Ledereimer hinunter ins Wasser tauchten und ihr Naß in die Kanäle leiteten, die zu den *Estanques* führten. Es würde keine nach Diesel stinkenden Traktoren geben, die die Erde zusammenpreßten, keine Kombimaschinen, die für riesige Weiten konzipiert waren und den Mandel- und Feigenbäumen die Äste abbrachen. Nur Maultiere und Pferde, einspurige Pflüge, Mäh- und Bindemaschinen, und das Getreide würde sich im Wind wiegen, wie er es noch vor wenigen Jahren gesehen hatte . . .

Er seufzte. Es gab keinen größeren Narren als den, der in die Vergangenheit statt in die Zukunft blickte.

Er bremste vor dem Haus, kletterte aus dem Wagen, ging hinüber zur Steintreppe, stieg sie empor und zog schwungvoll an dem schweren schmiedeeisernen Türklopfer. Dieser gab einen tiefen, donnernden Laut von sich, der aus der Vergangenheit kam, welcher Alvarez sich so verschrieben hatte.

Die Tür wurde von einer jungen Frau in Dienstbotenuniform geöffnet, die er noch nicht kennengelernt hatte.

»Ist der Señor da?« fragte er.

Sie hatte eher eine direkte als eine diplomatische Art. »Warum wollen Sie das wissen?«

»Inspector Alvarez, Cuerpo General de Policia.«

Sie sah ihn ein wenig interessierter an, blieb jedoch unbeeindruckt. »Er ist kurz nach dem Frühstück ausgegangen.«

»Ist die Señora da?«

»Soweit ich weiß.«

»Ich würde gern mit ihr sprechen.«

»Dann kommen Sie am besten herein.«

Sie führte ihn in dasselbe Zimmer wie letztes Mal. Als sie gegangen war, betrachtete er die Steinschloßgewehre. Wer war in größerer Gefahr, wenn eine davon abgefeuert wurde – der Mann vor oder hinter dem Gewehr?«

Er hörte, wie sich die Tür öffnete, und drehte sich um. Als Vera Clough eintrat, sagte er: »Guten Morgen, Señora. Ich hoffe, ich belästige Sie nicht.«

»Ich fürchte, mein Mann ist nicht da.«

»Das hat mir das Mädchen gesagt.« Auch dieses Mal überraschte ihn ihre Erscheinung irgendwie – die Wohlhabenden stellten ihren Reichtum oft, subtil oder weniger subtil, zur Schau, doch sie gab sich da gar keine Mühe. »Ich muß ebenso mit Ihnen reden.«

»Ich . . .« Sie zögerte und sprach dann hastig weiter. »Ich denke, er sollte dabeisein.«

»Natürlich werde ich warten, falls Sie es wünschen. Aber ich bin nur gekommen, um Ihnen ein paar ernste Neuigkeiten zu bringen und Sie zu bitten, das zu bestätigen, was Sie mir bereits erzählt haben.«

»Welche ernsten Neuigkeiten?«

»Sie werden sich erinnern, daß ich letztes Mal fragte, ob Sie oder Ihr Mann Señor Lewis kennen, der von einem Boot verschwunden und vermutlich ertrunken war. Leider wurde diese Annahme nun bestätigt. Außerdem können wir ziemlich sicher sein, daß sein Tod kein Unfall war, sondern daß er ermordet wurde.«

»O mein Gott!« Sie wedelte mit den Händen. »Das ist unmöglich.«

»Warum?«

»Weil . . .« Sie trat ein paar Schritte nach rechts und ließ sich auf einen Stuhl fallen.

Er wartete geduldig.

»Mein Mann hat Ihnen ja gesagt, wie solche Dinge mich aufregen«, sagte sie leise und starrte auf den Boden.

»In der Tat, Señora, deshalb bedauere ich, daß ich Ihnen dies mitteilen muß.« Ihre Reaktion auf die Nachricht war weitaus heftiger gewesen, als er erwartet hätte, selbst wenn er in Betracht zog, daß sie sich besonders mit dem Elend anderer Menschen identifizierte. »Ich werde mich so kurz wie möglich fassen.« Und es so schnell wie möglich machen, in der Hoffnung, daß sie dann vergessen würde, daß sie lieber ihren Mann dabeihätte. »Sind Sie ganz sicher, daß Sie Señor Lewis niemals kennengelernt haben?«

»Natürlich bin ich das.«

»Und Sie haben niemals Kontakt zu ihm gehabt, weder per Telefon noch per Brief?«

»Nein.«

»Also hat er nicht versucht, Sie oder Ihren Mann zu erpressen?« Er bemerkte, daß sie plötzlich die Hände im Schoß rang. Ähnlich hatte sie sich verhalten, als sie zum ersten Mal von Lewis' Tod erfahren hatte. Die Menschen verrieten oft unwissentlich ihre innere Anspannung.

»Natürlich nicht«, sagte sie laut.

»Falls doch, wäre es in Ihrem Interesse, es zuzugeben.«

»Das ist ja lächerlich.«

»Señora, heutzutage, wo wenig oder gar nichts mehr im Privatleben eines Menschen als so unmoralisch betrachtet wird, daß man es unter allen Umständen geheimhalten muß, wird jemand so gut wie immer nur dann erpreßt, wenn er ein ernstes Verbrechen begangen hat. Die Polizei behandelt solche Verbrechen so wohlwollend wie möglich, da man weiß, daß die Aussage des Opfers nötig ist, um den Erpresser zu überführen.«

»Er hat uns nicht erpreßt.«

»Es tut mir leid, daß ich diese Möglichkeit in Betracht ziehen muß . . . Eine Sache noch. Darf ich bitte die Kleider sehen?«

»Welche Kleider?« Sie starrte ihn an und geriet in Panik, weil sie die Frage nicht verstehen konnte und sie daher um so mehr fürchtete.

»Die, die Sie von der Schneiderin in England haben machen lassen, welche verständlicherweise keine Steuern zahlen möchte.«

Sie preßte die Hände fester zusammen. »Ich . . . Da werden Sie meinen Mann fragen müssen.«

Er stand auf. »Vielen Dank für Ihre Hilfe, Señora.«

Als er über den unbefestigten Weg zur Straße fuhr, fand er, daß er endlich Glück hatte. Weil Clough nicht dort gewesen war, um sich als Beschützer aufzuspielen, hatte seine Frau das Motiv für den Mord an Lewis bestätigt.

Alvarez bremste, stellte sicher, daß kein Gegenverkehr kam, und wendete auf der Straße. Lewis hatte sie erpreßt, ihren Mann oder beide. Was Lewis gewußt hatte, war also so gefährlich, daß es eine Million Peseten wert war, um sein vorübergehendes Schweigen zu kaufen und ihn dann umzubringen, damit er für immer schwieg. Und um später Sheard zu töten, der genug in Erfahrung gebracht haben mußte, um die Erpressung fortzuführen?

Interpretierte er ihre Reaktion richtig, daß sie keinen Grund gehabt hatte anzunehmen, Lewis sei ermordet worden?

Dolores hatte gerade die *Sopes mallorquines* aufgetragen, als das Telefon klingelte. Sie fragte nicht, ob die beiden Männer taub seien, sondern schob sofort ihren Stuhl vom Tisch zurück und ging hinaus. Jaime beobachtete sie mit besorgtem Gesichtsausdruck.

Als sie wiederkam, sagte sie: »Das Revier.«

»Machen die denn niemals Pause«, murmelte Alvarez verärgert. Er nahm noch einen Löffel Suppe – eher Eintopf, mit Kohl, Tomaten, Knoblauch, Zwiebeln, Olivenöl, Gewürzen und braunem Sopes-Brot – und ging hinüber zum Telefon.

»Gerade hat ein Ausländer angerufen. Konnte kein Wort verstehen, also hat er schließlich sein Mädchen reden lassen. Sie sagte, sie wollte mit Ihnen reden, und Sie seien ja ein reizender Kerl. Ich sagte ihr, Sie seien ein fauler Bastard und wären zu Hause. Dann verlangte er Ihre Nummer. Ich habe mich geweigert, sie ihm zu geben. Wann Sie wieder zurück wären? Kurz bevor Zeit ist, zusammenzupacken und Feierabend zu machen, habe ich gesagt . . . Ich will Sie also nur warnen, daß er Sie irgendwann anrufen wird, und wie es sich anhörte, können Sie sich auf einiges gefaßt machen.«

»Danke für die Warnung.«

»Meine alte Dame sagt immer, meine Gutmütigkeit macht noch mal einen Narren aus mir.«

Erst als Alvarez den Hörer wieder aufgelegt hatte, fiel ihm auf, daß der diensthabende Cabo den Namen des Anrufers nicht genannt hatte. Doch das war auch nicht nötig gewesen.

Clough hatte seinen ersten Zug gemacht, frei nach der Devise, daß Angriff die beste Verteidigung war.

Er ging zurück ins Eßzimmer.

»Probleme?« fragte Dolores besorgt.

»Arbeit bedeutet immer Probleme«, antwortete er und schenkte sich Rotwein nach.

Der erwartete Telefonanruf erfolgte um halb sechs.

»Wären Sie so freundlich, mir genau zu sagen, was hier vor sich geht, Inspektor?«

Die Intenistät mallorquinischen Temperaments ließ sich an Menge und Brisanz der Kraftausdrücke messen, doch Engländer boten häufig keine eindeutigere Spur als deutlich eisigere Höflichkeit.

»Falls Sie sich damit auf meinen Besuch in Ihrem Haus heute morgen beziehen, hat sich herausgestellt, wie ich der Señora schon sagte, daß Señor Lewis ermordet wurde. Daher ist es notwendig, weitere Einzelheiten zu ermitteln und mit mehr Druck vorzugehen.«

»Soll das eine Entschuldigung dafür sein, daß Sie meine Frau beschuldigt haben, eine Kriminelle zu sein?«

»Das habe ich ganz sicher nicht.«

»Sie haben gefragt, ob einer von uns erpreßt wurde, und gesagt, heutzutage folge Erpressung zumeist auf ein Verbrechen, das die erpreßte Person begangen habe. Würden Sie mir nicht zustimmen, daß die Schlußfolgerung recht unmißverständlich ist?«

»Ich habe versucht, die Señora in keiner Weise zu beschuldigen, sondern ihr zu versichern, daß es sehr in Ihrem Interesse wäre – falls einer von Ihnen von Lewis erpreßt worden wäre –, dies zuzugeben, denn die Behörden sind in solchen Fällen stets sehr wohlwollend ... ich fürchte, es ist manchmal ziemlich schwierig, sich in einer fremder Sprache auszudrücken.«

»Sie beabsichtigten also einzig und allein, uns behilflich zu sein?«

»So ist es, Señor.«

»Würde es Ihnen dann etwas ausmachen zu erklären, warum Sie derartige Hilfe für nötig hielten?«

Eine Frage, die sie wieder an den Anfang zurückbrachte, dachte Alvarez.

»Inspektor, als Sie vor ein paar Tagen hier waren, hatte ich den Eindruck, alle Punkte, die Sie aufgebracht haben, ausführlich beantwortet zu haben, und zwar zu Ihrer Zufriedenheit. Dennoch scheint es mir – um es frei heraus zu sagen –, daß Sie der Meinung sind, ich hätte gelogen.«

»So ist es nicht.«

»Wenn Sie mir geglaubt hätten, dann hätten Sie sich nicht die Mühe gemacht, meiner Frau zu erklären, wie vorteilhaft es ist, ein Verbrechen zuzugeben, und dann darum gebeten, die beiden Kleider zu sehen, die für sie angefertig wurden.«

»Señor, Sie übersehen da etwas. Als ich das erste Mal mit Ihnen und der Señora sprach, wurde Señor Lewis vermißt, und ich versuchte herauszufinden, ob er womöglich tot war. Inzwischen, da ich weiß, daß er ermordet wurde, muß ich sehr viel tiefer in die Ermittlungen einsteigen, und das bedeutet, daß es nötig ist, einige der früheren Beweise noch einmal zu überprüfen.«

»Und es ist Ihnen nicht in den Sinn gekommen, daß ein Mann in meiner Position höchst unwahrscheinlich Anlaß zu einer Erpressung gegeben hat?«

»Señor, der schnellste und einfachste Weg, dieses Mißverständnis aus dem Weg zu räumen, besteht sicher darin, daß Sie mir den Namen und die Adresse der Dame geben, die die Kleider Ihrer Frau gemacht hat. Sobald sie bestätigt, was Sie mir gesagt haben, steht es außer Frage, daß Sie Lewis die Million nicht gegeben haben.«

»Ich habe schon erklärt, warum ich dazu nicht bereit bin.«

»Die Umstände haben sich nun sehr verändert.«

»Wie auch immer, das kümmert mich nicht. Ich habe der Frau mein Wort gegeben.«

Wie nannte man einen Mann, der behauptete, Ehre ginge vor Selbsterhaltung? Einen Heuchler oder einen Dinosaurier?

»Zwar bin ich natürlich bereit, alles zu tun, um Ihnen zu helfen, doch das heißt nicht, daß ich mich unterwürfig irgendwelchen Schikanen beuge. Ich hoffe, das ist klar?«

»Ja, Señor.«

Er verabschiedete sich höflich und legte auf.

Alvarez lehnte sich auf seinem Stuhl zurück. Wie schlau Clough in der Geschäftswelt auch gewesen sein mochte, soeben hatte er gezeigt, daß er außerhalb eher tolpatschig war. Weil er glaubte, es mit einem begriffsstutzigen Bauern zu tun zu haben, der sich offenkundiger Autorität beugen würde, hatte er versucht, jede weitere Nachforschung abzuwürgen. Hätte er Verständnis für die Bauernmentalität gehabt, hätte er gewußt, daß der Bauer auch bei einer Verneigung im Geiste zwei Finger in die Luft reckte.

Wie sollte er die Untersuchung vorantreiben, wenn es so wenige Fakten gab, so viele bloße Annahmen? . . . Bevor Lewis auf die Insel gekommen war, hatte er sich auf der Halbinsel aufgehalten. Offensichtlich hatte er genügend Geld gehabt. Geld, das man ihm gezahlt hatte, damit er das Verbrechen ausführte und dessen Durchführung ihn in die Lage versetzte, Clough zu erpressen? In der oberern Tasche von Lewis' Jacke im Hotelschrank hatte eine Fahrkarte von Bitges nach Barcelona gesteckt . . .


15

»Ich hätte gerne die Genehmigung, nach Bitges zu fahren, Señor«, sagte Alvarez am Telefon.

›Wozu?« wollte Salas wissen.

»Bevor Señor Lewis auf die Insel kam, ist er in Bitges gewesen. Ich weiß das, weil er in einem Restaurant gegessen hat, und zwar zwei Tage bevor er einen Zug von dort nach Barcelona nahm.«

Es folgte eine kurze Pause. »Mich erstaunt die Häufigkeit, mit der Sie sich Gelegenheiten verschaffen, um die Welt zu reisen.«

»Bitges liegt in der Provinz Gerona –«

»Werden Sie nicht frech. Natürlich weiß ich, wo das liegt.«

»Es tut mir leid, Señor, aber wie Sie es ausdrückten, hörte es sich so an –«

»Ich habe gar nichts ausgedrückt... Warum sollte Lewis' Aufenthalt in Bitges die geringste Bedeutung haben?«

»Es ist so ein sonderbarer Ort für ihn. Es liegt fünfzig Kilometer von der Küste entfernt, und nur sehr wenig Ausländer fahren dorthin, geschweige denn, daß sie dort bleiben. Warum hat er es also getan, wo er kein Spanisch sprach, von Katalanisch ganz abgesehen? Es wäre viel logischer gewesen, wenn er an die Küste gefahren wäre. Ich kann mir nur einen Grund vorstellen: Er wurde von England herübergebracht, damit er etwas Illegales tut, und er hielt sich sorgfältig von der Szene fern. Was es auch war, er tat es und wurde dafür bezahlt. Da er ein Verschwender war, ging ihm das Geld aus, und er machte sich daran, neues zu verdienen, indem er die Person erpreßte, für die er das Verbrechen oder Vergehen begangen hatte: Clough. Wenn ich nach Bitges fahre, finde ich vielleicht heraus, daß ich recht habe. Falls ja, besteht eine Chance, daß ich alle Beweise finde, die zeigen, daß Clough sowohl für den Mord an Lewis als auch an Sheard verantwortlich ist.«

»Bitten Sie Bitges, daß man dort Nachforschungen anstellt.«

»Señor, Zeit ist von höchster Bedeutung, wenn wir die Wahrheit aufdecken wollen, bevor sie so weit verborgen ist, daß man sie nie mehr wiederfindet. Wenn wir Bitges bitten, die Untersuchung zu übernehmen, schieben sie sie nur auf die Seite, weil sie nicht direkt davon betroffen sind.«

»Sie haben nicht das Recht, eine derart verurteilende Anschuldigung zu äußern.«

»Wenn wir eine Anfrage von der Halbinsel erhalten –«

»Wird sie mit größter Priorität behandelt.«

»Natürlich. Aber ich habe schon von vielen gehört, wie ungewöhnlich das ist und wie effizient die Abteilung offenbar geleitet wird.«

Salas antwortete nach kurzem Schweigen. »Sie werden Ihre Nachforschungen so kurz wie möglich halten und bei Ihrer Rückkehr eine detaillierte Auflistung Ihrer Ausgaben vorlegen, inklusive der Quittungen.« Er legte auf.

Alvarez legte den Hörer zurück auf die Gabel. Wenn ein Mann Worte aus Gold hörte, fragte er sich nur selten nach dem Grund dafür.

Zwei Weinbrand hatten nicht ausgereicht, ihn für den halbstündigen Flug zu betäuben, und nach seiner Ankunft am Flughafen von Barcelona verspürte er das Bedürfnis, in einer der Bars noch einen zu trinken, bevor er das Shuttle zum Bahnhof Sants nahm. Dort kaufte er eine Fahrkarte für den *Talgo* nach Bitges.

An einem klaren Tag konnte man von Bitges aus die Pyrenäen sehen, und im Mai oder sogar noch Anfang Juni bildeten ihrer schneebedeckten Gipfel ganz häufig einen starken Kontrast zu der heißen, staubigen Stadt. Sie war nicht nur bekannt für ihre Textilien, sondern auch die Heimat zahlloser kleiner Unternehmen, von denen viele Schwerter und Messer herstellten. Im Osten der Stadt standen noch ein paar Stücke einer römischen Stadtmauer, die von vorigen Generationen nicht für den Hausbau abgebrochen worden waren. Einen halben Kilometer außerhalb im Norden befanden sich die Überreste des römischen Theaters. Glaubte man den meisten Spaniern, dann waren die Einwohner typische Katalonen, eher mürrisch als lebhaft, für Außenstehende suspekt und so genau in Geldangelegenheiten, daß sie eine Pesete bis in die

Hölle verfolgten. Wenn sie sich selbst beschrieben, sahen sie sich als Menschen, die nur langsam Freundschaft schlossen, aber dafür um so bessere Freunde waren, als ehrliche, fleißige Geschäftsleute und weitaus großzügiger als diese selbstsüchtigen Bastarde aus Madrid, Sevilla, Valladolid oder Bilbao.

Alvarez bezahlte das Taxi und betrat das quadratische Gebäude, das die für diese Gegend typischen Fenster mit Mittelpfosten und überhängende Dachfüße hatte. Er sprach mit dem diensthabenden Portier und mußte weniger als fünf Minuten warten, bis man ihn in den dritten Stock zum Büro von Comisario Robles schickte.

Robles war klein, dünn, hyperaktiv und sprach abgehackt. »Sie sind aus Llueso? Ein hübsches Fleckchen. Vor ein paar Jahren habe ich dort mal Urlaub mit meiner Familie gemacht... Setzen Sie sich. Rauchen Sie?«

»Leider, Señor.«

»Mein Vater raucht vierzig Zigaretten am Tag, seit er ein junger Mann war, und er hat niemals auch nur eine Erkältung.« Er hielt Alvarez ein Päckchen hin, nahm Feuer von ihm an und ging zu seinem Stuhl hinter dem Schreibtisch, auf dem mehrere ordentlich aufgeschichtete Akten lagen.

»Also?«

Alvarez faßte kurz die Tatsachen zusammen und äußerte seine Vermutungen.

»Es ist eine arge Geschichte, daß Sie etwas herauszufinden hoffen, wo Sie hauptsächlich Vermutungen haben.«

»Ich weiß, Señor, aber ich baue auf den Glauben, daß Lewis' Basis hier war, obwohl er beträchtliche Zeit woanders verbracht hat, vermutlich an der Küste – das würde bedeuten, daß er so gut wie sicher einen Wagen gemietet hat. Die Leihfirma könnte uns ein paar Hinweise geben, wo er hinfuhr, und dann könnten die Polizeiakten für das jeweilige Gebiet überprüft werden, ob es dort ein Verbrechen gegeben hat, in das er verwickelt sein könnte.«

»Ich sehe, Sie sind Optimist.«

Es sollte ein langes Wochende werden. Alvarez saß in vielen Cafés, aß mehrere Male in Restaurants, wanderte über große Straßenmärkte. Er besuchte das Museum, das eine große Sammlung früher Textilien und Textilmaschinen, Zeremonienschwerter und Dolche zeigte. Er bezahlte sogar fünfhundert Peseten, um eine Ausstellung von Bildern eines ortsansässigen Malers zu sehen, der in den vierziger Jahren gestorben war und dessen Werk im Katalog als Arbeiten eines verkannten Genies beschrieben wurde – seine eigene wohlüberlegte Meinung war, die fehlende Anerkennung lasse darauf schließen, daß die Öffentlichkeit über mehr gesunden Menschenverstand verfügte, als man ihr im allgemeinen zugestand.

Am Montag morgen kam ein Anruf von der Sekretärin des Comisarios. Sowohl das Hotel, in dem Señor Lewis gewohnt hatte, als auch die Autovermietung, bei der er sein Auto geliehen hatte, waren gefunden, und man schlug vor, daß Inspektor Alvarez sich in einer halben Stunde mit Inspector Calvo bei der Garage Fiol Roca treffen sollte.

Ausnahmsweise war er einmal froh, wieder arbeiten zu können. Eine kurze Taxifahrt brachte ihn zu einem modernen Gebäude mit großen Ausstellungsräumen in der Haupteinkaufszone. Als er das Taxi bezahlte, kam ein junger Mann auf ihn zu, elegant und gut aussehend, aber mit einem leichten Anflug von Humor im Gesicht, der andeutete, daß er sich selbst niemals allzu ernst nahm. »Alvarez? ... Ich bin Emiliano Calvo.« Er schüttelte Alvarez energiegeladen die Hand, als das Taxi davonfuhr. »Ich höre, Sie kommen aus Mallorca, und das heißt, Salas ist Ihr Vorgesetzter. Ihr Pech ist das Glück aller anderen!«

Alvarez fand ihn sofort sympathisch. »Sie kennen ihn offensichtlich.«

»Habe unter ihm gedient, bevor er auf die Insel gegangen ist. Jeden Morgen habe ich darum gebetet, der Allmächtige möge einen kleinen Unfall für ihn arrangieren – nichts Ernstes, gerade genug, um ihn arbeitsunfähig zu machen. Das ist natürlich nie passiert. Je dringender das Flehen, desto weniger wird darauf gehört ... Gehen wir aus der Sonne raus, und ich gebe Ihnen die Fakten.«

Sie traten in den Schatten einer großen Markise. Calvo holte ein Notizbuch aus seiner Hosentasche und öffnete es. »Lewis checkte am neunundzwanzigsten Mai im Hotel Gandia ein. Er kam am dreißigsten hierher und mietete einen Renault 19. Er verließ das Hotel am achten Juni und gab den Wagen am selben Tag zurück ... Ich wollte zuerst hierherkommen, weil es näher für mich ist, und es gibt da ein kleines Café um die Ecke, wo es den besten Kaffee der Stadt gibt.«

Sie betraten das Gebäude, gingen zwischen zwei funkelnden Limousinen und einem kleinen Sportwagen hindurch in ein Büro mit Glaswänden, wo ein Mann in mittleren Jahren und eine junge Frau am Schreibtisch saßen.

Calvo gab ihnen die Hand und stellte Alvarez vor.

»Welches Problem gibt es diesmal?« fragte der Geschäftsführer, der sich belästigt fühlte und hoffte, daß sie ihn nicht lange aufhielten.

»Ich glaube, Sie haben im Mai einen Wagen an einen Señor Lewis vermietet«, sagte Alvarez. »Können Sie sich an ihn erinnern?«

»Nur sehr vage. Ich würde ihn nur erkennen, wenn er mit mir sprechen würde.«

»Wieso das?«

Weder er noch seine Sekretärin Teresa hatten verstehen können, was er sagte. Voller Verzweiflung hatten sie einen der Mechaniker gerufen, der immer behauptete, fließend Englisch zu sprechen. Das hatte sich als grobe Übertreibung herausgestellt, doch mit seiner Hilfe hatten sie schließlich verstehen können, daß der Engländer für neun Tage einen Wagen mieten wollte. Sie hatten ihm einen blauen Renault 19 zur Verfügung gestellt. Am Ende der Woche hatte er ihn zurückgegeben und – wieder mit Hilfe des Mechanikers – von einem kleineren Problem berichtet, das leicht beseitigt werden konnte.

»Hat er erzählt, was er machte?«

»Da fragen Sie besser Teresa. Sie hatte mehr Zeit, zumindest ein wenig zu verstehen«, antwortete der Geschäftsführer.

Alvarez wandte sich um. »Hat er das, Señorita?«

»Ich weiß nicht genau, was Sie damit meinen.«

»Hat er erwähnt, warum er in Bitges war und warum er ein Auto brauchte?«

»Wir sind nicht dazu gekommen, über so was zu reden.«

»Hat er irgendwann gesagt, wo er war?«

»Er sagte nicht mehr, als er mußte. Oder falls doch, habe ich es nicht verstanden.«

»Wie viele Kilometer war der Wagen gefahren, als er zurückgegeben wurde?«

Sie sah den Geschäftsführer an. Er nickte. Sie tippte ein paar Befehle in den Computer und sah auf den Bildschirm. »Ein wenig mehr als eintausendvierhundert Kilometer.«

Alvarez dachte über die Zahl nach. Die Entfernung zur Küste betrug ungefähr fünfzig Kilometer, wäre Lewis also jeden Tag dorthin und wieder zurück gefahren, hätte er neunhundert Kilometer zurückgelegt. Blieben noch fünfhundert für ein paar kürzere Strecken . . .

Alvarez dankte ihnen für ihre Hilfe.

Das Hotel Gandia war neu, ohne besonderen Charme, und es wurde mit kalter Effizienz geführt. Der stellvertretende Geschäftsführer, ausgestattet mit der kriegerischen Haltung eines zu kleinen Mannes, mit dem Gesicht einer Ratte und entschlossen, seine Bedeutung für die Welt zu dokumentieren, versuchte, sich einer Befragung seiner Angestellten zu widersetzen, und erst als Calvo ein wenig Druck ausübte, gab er widerwillig nach.

Ein Kellner, in mittleren Jahren und mit Bauch, erinnerte

sich ganz deutlich an den Engländer, denn bei den wenigen Malen, die er im Restaurant essen wollte, war es so schwierig gewesen, ihn zu verstehen. Dennoch war er großzügiger gewesen als die meisten . . .

Ein Zimmermädchen Ende Zwanzig, deren Gesicht von einer breiten Narbe über der rechten Wange verunstaltet wurde, die ihren Mundwinkel in die Höhe zog, wußte mehr zu sagen. »Wenn er mich sah, hat er sich immer mit mir unterhalten.«

»Dann sprechen Sie also Englisch, Señorita?«

»Ich lerne noch, denn eines Tages will ich reisen und etwas von der Welt sehen, und das kann ich nur, wenn ich Arbeit kriege. Englisch ist so wichtig . . .«

Alvarez war sicher, daß hinter ihren Worten Kummer stand. Ohne die Verunstaltung ihres Gesichts hätte sie gut aussehen können. Sie hätte geheiratet und eine Familie gegründet, so wie es sich die meisten spanischen Frauen noch immer wünschten. Doch weil junge Männer selten nach innerer Schönheit suchten, sah sie nur wenig Hoffnung auf eine Ehe. »Hat der Señor Ihnen jemals erzählt, warum er in Bitges war?«

»Hat nichts davon erwähnt.«

»Das ist sehr wichtig, also überlegen Sie noch einmal. Hat er jemals erwähnt, wohin er fuhr oder wo er hier am Ort gewesen war?«

Zeit verstrich . . . »Ich glaube nicht.«

»Hat er Sie mal nach irgendeinem Ort gefragt?«

Sie schüttelte den Kopf.

Er dachte einen Augenblick nach. »Glauben Sie, daß er schwimmen ging?«

»Das muß er wohl. Ziemlich oft hing seine Badehose auf dem Balkon zum Trocknen.«

»Gibt es ein Schwimmbad hier in der Stadt?«

Calvo beantwortete diese Frage. »Es gibt eins im Sportzentrum.«

»Also könnte er dort oder an der Küste gewesen sein.«

Alvarez sprach noch einmal das Mädchen an. »Nehmen wir einmal an, er fuhr zum Schwimmen an die Küste. Können Sie sich vorstellen, wo das gewesen sein könnte?«

Sie zögerte.

»Sie könnten uns vielleicht helfen?«

»Wenn Señor Pons davon erfährt . . .«

»Er wird nichts von uns erfahren.«

»Er ist so dumm. Sagt, man soll es ihm sagen, damit er den Gast sofort anweisen kann, das Hotel zu verlassen. Ich meine, er weiß, daß Männer sich in jedem Hotel Frauen kommen lassen. Aber er . . .«

»Wollen Sie damit sagen, daß Señor Lewis eine Frau auf dem Zimmer hatte?«

»Es war kein Schild an der Tür, und es war schon spät am Morgen, also ging ich einfach hinein. Sie lagen beide in einem der Betten . . . Müssen nach einer aufregenden Nacht wirklich müde gewesen sein, daß sie so verschlungen schlafen konnten«, fügte sie unter einem Anflug bodenständigen Humors hinzu.

»Und Sie haben sie geweckt?«

»Natürlich, denn ich war ja nicht leise.«

»Wie haben sie reagiert?«

»Er war nicht der Typ, der sich aufregte. Sie war sehr aufgebracht, aber das lag wohl daran, daß es so spät war. Ich lerne ja erst Englisch, und sie sprach ziemlich schnell, aber ich glaube, sie sagte zu ihm, wenn sie nicht in einer halben Stunde im Colón wäre, um die neuen Gäste zu empfangen, würde sie ihren Job verlieren . . . Sind Sie sicher, daß Sie Señor Pons nichts davon erzählen?«

»Sie haben mein Wort.«

»Es ist nur, falls er davon erfährt, macht er mir die Hölle heiß, daß ich es ihm nicht gesagt habe. Vielleicht wirft er mich sogar raus.« Ihre Stimme wurde schrill. »Wenn nicht sein Onkel der Besitzer des Hotels wäre, würde er nicht so angeben.«

»Vielleicht stirbt sein Onkel und hinterläßt das Hotel seiner Frau.«

»Das Leben ist niemals gerecht . . . Warum stellen Sie all die Fragen über den Señor?«

»Leider wurde er auf Mallorca ermordet. Ich muß versuchen, den Mörder zu finden.«

»Ermordet? . . . Und er war so lebendig.«


16

Es gab Zeiten, in denen brauchte man ziemlich viel Optimismus, um zu hoffen, daß das logische Empfinden eines anderen dem eigenen entsprach. Wenn er Engländer gewesen wäre, so entschied Alvarez, in Bitges lebte und nach weiblicher Begleitung Ausschau hielte, würde er in den nächsten Küstenort fahren. Er öffnete eine Karte und legte sie aufs Bett. Die einzige Hauptstraße in diesem Gebiet führte gen Osten nach Playa de Samallera, sowohl zeitlich als auch von der Entfernung her der nächstgelegene Küstenort. Playa de Samallera lag in einer Bucht, die von Bergen umgeben war, so daß die nächsten Orte zu beiden Seiten – die nur erreicht werden konnten, wenn man durch Playa de Samallera fuhr, es sei denn, man liebte Bergtouren – in jeder Hinsicht weiter entfernt lagen. Es war also möglich, in einer halben Stunde nach Playa zu fahren, doch sicherlich unmöglich, irgendeinen anderen Ort an der Küste in dieser Zeit zu erreichen.

Die örtliche Polizei von Playa de Samallera war wenig hilfsbereit. »Mitten im Hochsommer, wenn es mehr Touristen gibt als Flöhe auf einem Hund und die meisten von ihnen doppelt so viele Probleme machen?«

»Es sollte nicht so schwer sein«, sagte Alvarez friedfertig. »Es gibt sicher nicht mehr als ein Hotel Colón, und es kann auch nicht so viele Reiseleiterinnen geben, die Englisch sprechen und dort arbeiten.«

»Woher wollen Sie wissen, ob es schwierig ist oder unmöglich? Sie kommen von einer verschlafenen Insel, wo ein betrunkener Tourist was Aufregendes ist.«

»Wir ertragen doppelt so viele Touristen pro Jahr wie die gesamte Costa Brava.«

Sie nannten ihn einen Lügner.

Das Hotel Colón war von einem Architekten entworfen worden, der Gaudí bewunderte, jedoch mit einem guten Gefühl dafür gesegnet war, wann man aufhören mußte, und so war das Gebäude ein Haus voller merkwürdiger Winkel, ungewöhnlicher Schrägen und sonderbarer Oberflächen, die Aufmerksamkeit erregten, aber nicht unbedingt Unverständnis. Es bot den Vertretern der Oberklasse Unterkunft, und das Foyer war ein Ort mit viel Platz, geschwungenen Bögen und einem Brunnen, in dem eine ganze Reihe sehr großer Goldfische schwamm. Die Angestellten trugen eine Uniform aus hellbraunen Leinenjacken, weißem Hemd, blauer Krawatte oder Schal und dunkelbraunen Leinenhosen oder -röcken.

»Die örtliche Polizei war schon hier, und wir haben mit den Reiseleiterinnen, die hier arbeiten, gesprochen«, sagte der Empfangschef. »Señorita Dunn ist eine Freundin von Señor Lewis.«

Alvarez erkannte das angenehm warme Gefühl, wenn er gegen alle Widerstände Erfolg hatte. »Ist sie im Augenblick im Hotel?«

»Ich habe keine Ahnung, aber im allgemeinen ist sie am Nachmittag hier, ich lasse sie also ausrufen.«

»Danke. Wo kann ich mit ihr reden?«

»Um diese Zeit ist die Halle normalerweise leer.«

Durch das Panoramafenster der Halle sah Alvarez einen geschwungenen Strand und das Meer sowie die südliche Hälfte der Bucht vor den Bergen mit ihren atemberaubenden

Gipfeln. Trotz der Menschenmengen, der bunten Sonnenschirme und Windschutzplanen und der Armada von Motor- und Tretbooten war es ein wunderschöner Anblick. Wenn natürlich auch nicht annähernd so schön wie die Bucht von Llueso.

Er setzte sich in einen der bequemen Sessel und entspannte sich ...

»Sind Sie der Polizist, der mich sprechen will?«

Mit einem Ruck war er hellwach und sah hoch. Sie war jung und attraktiv genug, daß er bedauerte, schon auf so viele Lebensjahre zurückblicken zu können. Ihr Haar war blond, die Augen blau, die Lippen voll. Direkt über ihrer rechten Brust trug sie ein Namensschild. Ein Mann konnte viel Zeit damit verbringen, ihren Namen zu lesen ... Ziemlich spät fiel ihm die englische Sitte ein, beim Eintreten einer Dame aufzustehen. »Señorita Dunn?«

»Ja«, antwortete sie auf spanisch.

»Ich bin Inspector Enrique Alvarez aus Mallorca.«

»Warum sind Sie ...« Sie hielt inne, weil sie nicht sofort das passende Wort fand.

»Ich spreche Englisch, Señorita. Wäre das leichter für Sie?«

Sie lächelte kurz. »Ja, aber erzählen Sie das nicht meinem Chef. Was ihn angeht, spreche ich wie alle Reiseleiter fließend Spanisch und gar nicht mal schlecht Katalanisch.« Ihre Stimme veränderte sich. »Die örtliche Poizei hat mich gefragt, ob ich Neil Lewis kenne. Wenn Sie wegen ihm hier sind, warum? Was geht hier vor?«

»Setzen wir uns, und ich erkläre es Ihnen.«

Ein Kellner sah durch die Tür, kam näher und fragte, ob sie etwas zu trinken wünschten.

»Ein Kaffee wäre nicht schlecht«, sagte sie.

»Zwei Kaffee«, bestellte Alvarez. Dann fügte er hinzu: »Und einen Weinbrand.«

Als der Kellner ging, sprach sie weiter: »Und, was soll das alles?«

»Señorita, ich bedaure sehr, Ihnen mitteilen zu müssen, daß Señor Lewis tot ist.«

»Mein Gott!«

Er sah Überraschung, aber kein bekümmertes Entsetzen. Dafür war er dankbar. Das Schlimmste an seinem Job war, Nachrichten zu überbringen, die so offensichtlich eine Tragödie in das Leben anderer Menschen trugen.

»Ich nehme an, er hatte einen Autounfall. Ich habe immer gesagt, daß das mal passieren mußte.«

»Es war kein Unfall. Er war auf einem Boot, als er ermordet wurde.«

»Jesus!« Sie begann, an den Lehnen des Sessels herumzufummeln. »Wer? Warum?«

»Um das herauszufinden, bin ich hier.«

Ihre Stimme wurde lauter. »Sie glauben doch nicht, daß ich ihn umgebracht habe?«

»Natürlich nicht, Señorita.«

»Warum ... Sehen Sie, woher wußten Sie, daß ich ihn kannte?«

»In Bitges habe ich erfahren, daß er mit einer Frau befreundet war, die für eine englische Reisegesellschaft arbeitet. Daraus schloß ich, daß Sie hier arbeiten, in Playa de Samallera.«

»Ich nehme an, das Zimmermädchen aus dem Gandia hat es Ihnen erzählt. Sie hat sich zwar entschuldigt, als sie so ins Zimmer geplatzt war, wo wir beide im Bett lagen, aber ich war sicher, daß sie innerlich gelacht hat...« Sie starrte ins Leere.

Der Kellner kam wieder, stellte Kaffee, Milchkännchen, Zuckerschale und ein Glas Weinbrand auf den Tisch und ging. Sie rührte sich nicht. Alvarez nahm sich Milch und Zucker und trank genug Kaffee, um in der Tasse Platz für den Weinbrand zu schaffen.

Plötzlich sagte sie: »Es tut mir leid. Ich war meilenweit entfernt.« Sie nahm sich Milch, aber keinen Zucker. »Wie wurde er getötet?«

»Er wurde vom Boot gezerrt und unter Wasser gedrückt.«
»Mein Gott, da konnte ihn jemand wirklich nicht leiden!«
»Ich glaube, das lag daran, daß er versucht hat, seinen Mörder zu erpressen.« Er beobachtete sie. »Diese Möglichkeit scheint Sie nicht besonders zu überraschen?«

»Nein – das ist sehr gehässig, nicht wahr?«

»Wenn es die Wahrheit ist, ist es nicht gehässig.«

»Tatsächlich? Egal, ich glaube lieber, daß es in Ordnung ist, mir nichts auf mein Gewissen zu laden.«

»Warum überrascht es Sie nicht, daß Señor Lewis vielleicht jemanden erpreßt hat?«

»Weil irgend etwas an Neil war, das mich stutzig gemacht hat ... ein Gefühl, daß er nicht in normalen Grenzen gelebt hat. Klingt das dämlich? Die Sache ist die, man bekommt in meinem Job ziemlich schnell ein Gespür für Menschen. Wenn ich Neuankömmlinge kennenlerne, sortiere ich sie ziemlich schnell ein: in leicht und angenehm, stur und nörglerisch, solche, die ihre Hände nicht bei sich behalten können. Ich irre mich selten, ganz besonders bei der letzten Sorte.«

»Und Lewis haben Sie als Kriminellen eingestuft?«

»Nein. Zumindest nicht so direkt. Ich fand, er war sicher stets bereit, sich rücksichtslos zu verhalten, und würde über Leichen gehen, wenn er etwas haben wollte, ohne Rücksicht auf die Konsequenzen. Um es ganz abgedroschen auszudrücken: Er hatte etwas von einem Freibeuter an sich.«

»Haben Sie eine Ahnung, warum er in Bitges war?«

»Nein, nicht die geringste.«

»Vielleicht kannte er jemanden, der in dieser Gegend lebt?«

»Falls ja, hat er nichts gesagt.«

»Wissen Sie, wohin er fuhr, als er abreiste?«

»Er sagte Barcelona, und er würde sich melden. Das hat er natürlich nicht getan.« Sie zeigte keinerlei Bedauern und leerte ihre Tasse. »Ist das alles? Es tut mir leid, daß ich es so eilig habe, aber ich muß mich bald wieder zeigen, damit die Typen mir dumme Fragen stellen können.«

Er lächelte.

»Das glauben Sie nicht? Gestern kam eine Frau zu mir und beschwerte sich bitter, daß an der Anschlagtafel stehe, Patricia Dunn stehe jeden Nachmittag für Fragen der Gäste zur Verfügung, aber sie sei niemals da. Ich zeigte ihr mein Namensschild – widerstand aber der Versuchung, sie zu fragen, ob sie lesen könne – und fragte sie höflich, was ich für sie tun könne. ›Ich wollte nur sichergehen, daß Sie dort sind, wo Sie sein sollten‹, war ihre Antwort.« Sie stand auf. »Ich wünschte, ich könnte Ihnen helfen, Neils Mörder zu finden. Er war witzig.«

Als sie zur Tür ging, dachte er, wie sonderbar es war, daß Frauen häufig von einem Hauch von Gesetzlosigkeit angezogen wurden.

Nachdem er seinen Kaffee mit Weinbrand ausgetrunken hatte, trat der Kellner ein und legte ihm die Rechnung vor. Eintausendundfünfzig Peseten. Da wunderte es ihn kaum, dachte er säuerlich, während er zahlte und um eine Quittung bat, daß das Hotel einen Hauch von Luxus ausströmte.

Auf seinem Weg durch das Foyer sah er Patricia an einer Anschlagtafel stehen, und ganz unerklärlich erfaßte ihn der Drang, hinüberzugehen und eine dumme Frage zu stellen: »Warum sprechen die Einheimischen so eine komische Sprache?«

»Damit Sie sich nicht aufregen, falls Sie erfahren, was sie von Ihnen halten.«

Er lächelte. »Noch mal auf Wiedersehen, Señorita. Es hat mich gefreut, Sie kennenzulernen.«

»Mich auch.«

Er war schon auf dem Weg nach draußen, da rief sie ihm nach. »He, warten Sie eine Sekunde!«

Er ging zu ihr zurück.

»Ich habe mich doch noch an etwas erinnert. Ich weiß nicht, ob es von Belang ist, aber kurz nachdem ich Neil kennengelernt hatte, kam er eines Abends verdammt wütend zurück und sagte, er habe versucht, eine Adresse ausfindig zu machen, doch alle, die er gefragt habe, seien Idioten gewesen. Es stellte sich heraus, daß er den Namen falsch ausgesprochen hatte, so daß es kein Wunder war, daß niemand verstanden hatte, daß er Pellapuig suchte.«

»Ist das ein Dorf?«

»Eine Ansiedlung entlang der Küste.«

»Hat er gesagt, warum er den Ort suchte, oder den Namen einer Person dort genannt?«

Sie schüttelte den Kopf.

Die örtliche Polizei war wieder einmal wenig hilfsbereit. »Sie erwarten von uns, daß wir jemanden in Pellapuig identifizieren, obwohl Sie weder Namen noch Adresse kennen?«

»Die Person ist vermutlich Engländer.«

»Das ist eine große Hilfe, wo die Engländer die einzigen Dummköpfe sind, die reich und blind genug sind, an so einem Ort zu leben!«

»Sie haben das Foto von mir, das Sie den Leuten zeigen können. Es ist einen Versuch wert.«

»Ach ja? Nur weil Sie es nicht selbst machen müssen.«

17

Das Haus war groß, in katalanischem Stil gehalten und hatte zwei runde Türme. Seine Lage war richtiggehend dramatisch. Das Grundstück endete an einer senkrechten, hundert Meter hohen Klippe, und die Südseite des Hauses lag nur zehn Meter vom Rand entfernt.

Alvarez klopfte an die Vordertür. Sie wurde von einer Frau in den Vierzigern geöffnet, die aussah, als sei sie schon über Sechzig, denn ihre Haut war gebräunt und runzelig von Sommersonne und Winterwind. Er stellte sich vor und sagte, er würde gern ein paar Worte mit ihr reden. Sie machte deutlich klar, daß sie einen Plausch mit ihm nicht schätzte.

»Es gibt keinen Grund, sich Sorgen zu machen«, versicherte er ihr.

»Ich habe dem Polizisten, der hier war, gesagt, daß ich nicht weiß, wer der Mann war. Er nannte mich eine Lügnerin und sagte, ich versuche, die Justiz zu behindern, was immer das bedeuten soll.«

»Er wußte nicht, was er sagte.« Alvarez lächelte.

Seine lockere, freundliche Art beruhigte sie ein wenig. »Ich schätze, Sie kommen besser rein.«

Er betrat die Halle, in der fast keine Möbel standen. »Ist es richtig, daß dieses Haus jemandem aus Barcelona gehört, der es im Sommer an Touristen vermietet? Dafür muß der schlechte Stand der Pesete verantwortlich sein.«

»Wenn ich das verdiente, was er pro Saison bekommt, würde ich diesen Job nicht machen!«

Sie stammte, wie er sofort gesehen hatte, aus kleinbäuerlichen Verhältnissen. So konnte er ihr Vertrauen noch leichter gewinnen, indem er über Themen sprach, die sie vielleicht interessierten. Sie sprachen kurz über die Ungerechtigkeiten im Leben, die Ungerechtigkeiten in der Lotterie – immer gewannen die falschen Leute – und die schlechten Preise, die die Bauern erzielten.

Sie fragte, ob er gern einen Kaffee hätte, und ging voraus in eine nur minimal ausgestattete Küche. Sie füllte einen Topf mit Wasser und stellte ihn auf den Gasherd, dann erzählte sie, daß sie immer eine Merienda mit zur Arbeit bringe, esse sie aber selten auf, und fragte ihn, ob er etwas davon wolle? Sie teilten sich eine große Spinatempanada, und als er lobte, er habe noch nie eine so leckere Empanada gegessen, schwand ihr letzter Widerstand. Ihr Mann hatte ihre Empanadas immer gemocht. Sie sprach von dem gepachteten Bauernhof, den sie und ihr Mann bearbeitet hatten, und darüber, wie die Pacht auslief, als ihr Mann plötzlich starb. Sie mußte ihren Lebensunterhalt verdienen, daher hatte sie einen Job bei einer Firma angenommen, die Häuser an Touristen vermietete. Es war eine langweilige Arbeit, ohne jedes Erfolgserlebnis – ganz anders, als den Boden zu bestellen und Tiere zu züchten –, doch warf sie genug Geld ab, daß ihre beiden Kinder auf die Universität gehen konnten. Und manchmal waren die Touristen großzügig und gaben ihr etwas Geld extra, mit dem sie sich den einen oder anderen Luxus gönnte . . .

»Sie erinnern sich an den Mann, dessen Foto die Polizei Ihnen gezeigt hat?«

Sie nickte.

»Wer hatte das Haus hier gemietet, als er herkam?«

»Zwei Schwestern. Zumindest die eine war die ganze Zeit hier, die andere nur manchmal.«

»Erzählen Sie mir von ihnen. Wie hießen sie?«

»Kann ich nicht sagen.«

»Sie bekommen keine Liste der Leute, die hier wohnen?«

»Die Firma sagt mir nur, wann jemand kommt.«

Ihr plötzlich ausdrucksloses Gesicht ließ darauf schließen, daß sie nur unter großen Schwierigkeiten lesen konnte – als sie jung gewesen war, kostete die Schule Geld, und ihre Familie konnte es sich vermutlich nicht leisten, die wenigen nötigen Peseten aufzubringen. Er hätte ihr gern gesagt, daß sie sich nicht schämen mußte, sondern vielmehr stolz sein konnte, alles getan zu haben, daß ihre Kinder eine bessere Ausbildung bekamen, doch er wußte, es war höflicher, nicht weiter auf diese Sache einzugehen. »Also war am Anfang nur die eine Schwester hier? Was war sie für ein Mensch?«

Sie zuckte die Achseln.

»Angenehm?«

»Eigentlich nicht. Nicht wie die andere. Sie sahen sich vielleicht ähnlich, abgesehen von den Haaren, doch sie benahm sich, als wäre sie die Frau eines großen Mannes, während die andere immer freundlich war.«

»Wann kam die zweite Schwester hier an?«

»Ein paar Tage später, kurz nachdem der Freund abgereist war.«

»Welcher Freund?«

»Der Mann, der drei Tage hierblieb.«

»Hier im Haus?«

»Habe ich das nicht gerade gesagt?«

»Wo hat er geschlafen?«

»Was glauben Sie wohl?«

»Mit ihr?«

»Er wollte nur nicht, daß ich es weiß, also hat er versucht so zu tun, als hätte er die Nacht im zweiten Schlafzimmer verbracht.«

»Woher wissen Sie, daß es nicht so war?«

»Ich mache morgens die Betten. Seine Laken waren kaum zerwühlt, ihre sahen so aus, als hätten zwei Leute darin ein Rennen veranstaltet.«

»Vielleicht schlief er nur fest, und sie war sehr unruhig?«

»Glauben Sie, das kann ich nicht beurteilen, nach den vielen Betten, die ich in meinem Leben gemacht habe? Auf jeden Fall war ihr Bett anders, als er wieder weg war.«

»Sie haben ein Foto von Señor Lewis gesehen. Erinnern Sie sich, wer hier wohnte, als er an jenem Tag vorbeikam?«

»Die beiden.«

»Welche beiden?« fragte er geduldig.

»Die Schwestern.«

»Erzählen Sie mir von seinem Besuch.«

Sie hatte das für Bauern typische Gedächtnis für Einzelheiten. Sie hatte den Innenhof gefegt, weil ein Wind Sand aus Afrika herübergeweht hatte, als es an der Eingangstür klingelte. Die Señoras waren nicht da. Der Engländer war so dumm, daß er nicht verstehen konnte, was sie ihm sagte, obwohl sie so einfach wie zu einem Kind sprach. Schließlich fuhr er ohne ein Wort des Dankes oder auch nur ein Lächeln wieder fort.

»Ist er ein anderes Mal zurückgekehrt?«

Sie zuckte die Achseln. »Habe ihn nicht wiedergesehen.«
»Wie sind die beiden Schwestern miteinander klargekommen?«

Die Frage verwirrte sie, also formulierte er sie noch einmal einfacher.

»Sah mir ziemlich freundlich aus.«
»Sind sie zusammen abgereist?«
»Vermutlich.«
»Warum sagen Sie das?«
»Die Miete endete an meinem freien Tag, also waren sie weg, als ich zurückkam, um das Haus für die nächsten vorzubereiten.«

Er trank seinen Kaffee aus und stellte den Becher auf den Küchentisch. »Können Sie die Schwester und den Freund beschreiben?«

Sie fand es schwieriger als die meisten Menschen, mit Worten ein Bild zu malen. Sie waren nicht mehr jung, aber sahen auch nicht alt aus – wenn man nicht auf dem Feld gearbeitet hatte, konnte man sein Alter leicht verstecken. Die Blonde hatte viel Make-up benutzt, die schwarzhaarige Schwester so gut wie keines. Eine warf sich immer in Schale, der anderen war Kleidung offenbar egal. Die eine war so geizig wie eine Anwältin aus Santiago – sie hatte nicht eine Pesete in ihrem Schlafzimmer liegen lassen. Die andere war viel großzügiger und hatte zwanzigtausend hingelegt – ja, zwanzigtausend. Keine andere Señora hatte sich je so großzügig gezeigt. Mit dem Geld hatte sie ihrem Sohn eine neue Jacke kaufen können, die er schon lange brauchte ...

Während er ihr zuhörte, wurde ihm unangenehm klar, daß er ein Foto von Vera Clough mitgenommen hätte, wenn er auch nur ein bißchen Intelligenz besessen hätte. »Erzählen Sie mir von dem Señor.«

Er war irgendwie ein *Hidalgo*. Angenehm, aber irgendwie distanziert. Schick gekleidet. Lächelte oft, aber normalerweise nur mit dem Mund, nicht mit den Augen.«

»Hatte er einen feinen Schnurrbart?«

Sie sah ihn ziemlich überrascht an. »Woher wissen Sie das?«

Er fuhr zurück zur Playa de Samallera und fand endlich einen Parkplatz, doch viel weiter von der Agentur entfernt, als er es sich gewünscht hätte. Der Fußweg dorthin brachte ihn heftig ins Schwitzen.

»Geht es Ihnen gut?« fragte die junge Frau hinter dem Tresen.

Er wischte sich das Gesicht mit einem Taschentuch ab. »Ich hoffe es«, erwiderte er atemlos. »Cuerpo General de Policia. Können Sie mir die Namen der Touristen geben, die die Casa Escarpa in Pellapuig im Mai und Juni gemietet haben?«

»Sicher ... Warum setzen Sie sich nicht, während ich die Dateien durchgehe?«

Er setzte sich schwer atmend. Er fragte sich, ob all seine Versprechen, Diät zu halten, nicht mehr zu rauchen und weniger zu trinken, jetzt ihren Preis einforderten, weil er sie wiederholt gebrochen hatte. Ob sein Herz in Stücke springen würde ...

»Da haben wir es ja«, sagte sie und betrachtete den Bildschirm. »Soll ich es für Sie ausdrucken?«

Alle Buchungen waren in England vorgenommen worden, es handelte sich dabei mit nur einer Ausnahme um Ehepaare. Diese Ausnahme war eine Buchung vom 25. Mai bis 8. Juni von einer Mrs. F. Dewar.


18


Das Fernsehen hatte die Bewohner von Llueso mit der Außenwelt bekannt gemacht, doch den Glauben, daß es sich dabei um einen fremdartigen und gefährlichen Ort handelte, nicht unbedingt ausgemerzt. Dolores umarmte Alvarez, als habe er tatsächlich Glück gehabt, wieder zu Hause zu sein. Endlich ließ sie ihn wieder los.

»Jaime hat mich heute morgen zum Fischhändler an der Playa Neuva mitgenommen, damit ich zum Mittagessen *Oblades amb bolets* machen kann. Das magst du doch, oder?«

»Wenn du es kochst, ist es ein Stück vom Himmel.« Das war die Wahrheit. Niemand konnte Steinbutt so zubereiten wie sie.

»Und ich habe dazu zwei Flaschen Gran Coronos gekauft.«

War je ein Mann so empfangen worden?

In konventionellem Sinne war Son Preda kein schönes Haus, doch für ihn besaß es, ganz besonders im Sonnenschein des frühen Abends, eine Anziehungskraft, die kein Palast haben konnte, denn es war offensichtlich gebaut worden, damit es dem Land diente, und nicht, um andere Leute zu beeindrucken.

Das ältere Mädchen öffnete die Eingangstür und führte ihn in das Zimmer mit den Steinschloßgewehren. Nach weniger als einer Minute trat Clough ein.

»Guten Abend.«

»Es tut mir leid, daß ich Sie noch einmal belästige, Señor Clough, aber ich muß Ihnen noch ein oder zwei Fragen stellen.«

»Ohne Fragen wäre ein Polizist wie ein Auto ohne Benzin ... Ich bin froh, daß Sie hier sind, denn ich wollte Ihnen sagen, daß ich neulich am Telefon wohl ein wenig unhöflich geklungen habe. Meine Frau war über Ihren Besuch sehr aufgebracht, das hat mich verunsichert. Das ist immer so. Ich bin sicher, Sie verstehen das.«

»Aber natürlich, Señor.«

»Gut. Lassen Sie mich Ihnen etwas zu trinken holen, bevor wir zu den ›ein oder zwei Fragen‹ kommen. Was hätten Sie gern?«

»Einen Weinbrand mit Eis, wenn es geht.«

»Nehmen Sie Platz, während ich ihn hole.«

Alvarez setzte sich und ließ seine Gedanken wandern. Die Götter hatten ihre Gaben über ihn ausgegossen. Er war der Besitzer von Son Preda. Er würde die älteren Männer zurückholen, die den Glauben an sich selbst verloren hatten, weil sie durch steigende Kosten oder Maschinisierung überflüssig geworden waren, und er würde diesen Glauben wieder festigen, indem er sie auf seinem Land einstellte. Sie würden mit langen Bambusstangen die Mandeln ernten, die *Algarobos* und Oliven, und ihre Handgelenke und Arme würden sich wieder im Rhythmus der Arbeit bewegen . . .

Die Tür ging auf, und eine Frau betrat eilig das Zimmer und blieb abrupt stehen. »Ich dachte, Larry wäre hier.«

Er hatte schon immer Probleme damit gehabt, das Alter einer Frau einzuschätzen, aber er war sich ziemlich sicher, daß sie Mitte Zwanzig war. Sie war seiner kurzen Einschätzung nach einigermaßen attraktiv, doch auf sehr unspanische Art – ihr fehlte jeder Sinn für gepflegte, elegante Kultiviertheit. Ihr schwingendes goldenes Haar, die tiefblauen Augen, das sommersprossige Gesicht, die kecke Nase und der üppige Mund verliehen ihr das Aussehen eines Gassenjungen, das in nördlicherem und weniger strengem Klima offenbar so beliebt war.

»Señor Clough ist gerade hinausgegangen. Ich bin sicher, er kommt bald wieder«, sagte er.

»Dann warte ich. Ich heiße übrigens Phoebe Owen.«

»Ich bin Enrique Alvarez, Señorita.«

»Ist Enrique nicht der spanische Name für Henry?«

»Ich glaube ja.«

Clough trat mit zwei Gläsern auf einem silbernen Tablett ein. »Hallo Phoebe. Du schmorst gerade nicht in der Sonne?«

»Ich habe entschieden, daß es besser ist, eine Weile aus der Sonne zu bleiben.«

»Erste Anzeichen von gesundem Menschenverstand?«

»Anzeichen, aber keine Gewißheit.«

Er lächelte. »Ich sehe, du hast den Inspektor kennengelernt.«

»Er hat nicht gesagt, daß er Inspektor ist. Von der Polizei?«

Clough stellte ein Glas auf das Beistelltischchen neben Alvarez. »Von der Cuerpo General de Policia, wenn ich mich recht erinnere ... Es tut mit leid, aber ich muß dich bitten zu gehen, Phoebe. Der Inspektor ist beruflich hier.«

»Wird er dich verhaften?«

»Ich hoffe nicht. Nicht jetzt, wo das Golfturnier bevorsteht und eine hohe Wette auf mich selbst ... Wenn du Vera siehst, sag ihr, wenn sie etwas trinken will, ich habe drei oder vier Flaschen Champagner im Kühlschrank.«

»Mach ich.« Sie ging hinaus.

Clough setzte sich. »Sie ist eine entfernte Cousine, aber ich kann mich nicht erinnern, um wie viele Ecken. Ist wegen der Sonne hier und um Trost zu finden. Wenn man sich danach sehnt, wieder jung zu sein, vergißt man manchmal, daß man dann auch wieder endlose emotionale Aufregungen durchleben müßte ... Also, wie kann ich Ihnen helfen?«

»Kennen Sie Señora Fenella Dewar?«

Er trank einen Schluck, behielt das Glas in der Hand und starrte es einige Sekunden lang an, bevor er zu Alvarez hochsah. »Meine Schwägerin. Und jetzt sagen Sie mir mal, wieso es Sie auch nur im geringsten interessiert, ob wir uns kennen oder nicht?«

»Ich habe Nachforschungen angestellt und dabei erfahren, daß die Señora die Casa Escarpa in Pellapuig gemietet hat, in der Nähe von Playa de Samallera, südlich von Barcelona.«

»Ich verstehe.«

»Wie ich höre, ist Ihre Frau bei Señora Dewar in der Casa Escarpa gewesen.«

»In der Tat. Und hat ein paar schöne Tage dort verbracht, obwohl sie Schwestern sind.«

»Sie kommen nicht so gut miteinander aus, wie man hoffen möchte?«

»Geschwisterrivalitäten sind weitaus häufiger verbreitet, als manche Idealisten uns einreden wollen. Leider ist meine Schwägerin sehr eifersüchtig.«

»Haben Sie die Casa Escarpa besucht?«

»Ja.«

»Zu einem Zeitpunkt, als Ihre Frau nicht dort war?«

»Das ist richtig.«

»Weiß Ihre Frau von dem Besuch?«

Clough lächelte. »Ihre berufliche Erfahrung zwingt Sie, das Schlimmste anzunehmen. In diesem Fall völlig ohne Berechtigung. Ich hatte zähe geschäftliche Probleme, und ich beschloß, die Leute direkt anzugehen, und flog nach Würzburg. Es war eine ziemliche Schinderei, aber ich habe das meiste durchgesetzt, was ich erreichen wollte. Ich flog von Frankfurt nach Barcelona und mietete einen Wagen, mit dem ich nach Pellapuig fuhr, weil ich meine Frau dort wähnte. Statt dessen erfuhr ich, daß sie ihren Flug von England storniert hatte. Natürlich war ich besorgt und rief an, um herauszufinden, was passiert war, und sie sagte, sie hätte einen schlimmen Anfall von Migräne und sei einfach noch nicht soweit zu fliegen. Ich sagte, ich würde zurückkommen, sobald ich einen Flug bekäme, doch sie bestand darauf, daß ich ein paar Tage dortblieb, weil sie fand, ich brauchte die Pause, auch wenn sie nur kurz war. Schließlich mußte ich wieder abreisen, bevor sie kam.«

»Ich sprach mit Susana, und sie –«

»Wer ist Susana?«

»Das Mädchen, das in dem Haus arbeitet.«

»Wissen Sie, es ist das erste Mal, daß ich ihren Namen höre! Ich habe versucht, mit ihr zu sprechen, doch mit deutlichem und häufig erheiterndem Mißerfolg.«

»Sie hat angedeutet, daß Señora Dewar und Sie dasselbe Bett geteilt haben.«

Clough lachte.

»Stimmt das nicht?«

»Ich müßte scharf nachdenken, um etwas zu erfinden, was weniger wahrscheinlich wäre.«

»Sie sagte, Ihr Bett wäre jeden Morgen so wenig durcheinander gewesen, daß Sie kaum die ganze Nacht darin gelegen haben könnten, wohingegen das Bett der Señora überaus zerwühlt gewesen sei.«

»Ich bin ein friedlicher Schläfer. Und Fenella ist offensichtlich sehr unruhig.«

»Das habe ich Susana gegenüber auch erwähnt. Sie sagte, das Bett der Señora sei deutlich weniger zerwühlt gewesen, als Sie wieder fort waren.«

»Das klingt mir nach einer frustrierten Frau, die gern alle möglichen Dinge in ein zerknautschtes Laken hineinliest. Ist sie verheiratet?«

»Sie ist Witwe.«

»Das ist die Erklärung. Aber vielleicht ist es besser, wenn Sie mit meiner Frau sprechen. Sie kann bestätigen, wie unmöglich es ist, daß ich eine Affäre mit Fenella habe.«

»Im Augenblick besteht kein Grund, sie zu beunruhigen.«

»Sie wird amüsiert sein, nicht beunruhigt. Auf jeden Fall werden Sie früher oder später mit ihr sprechen wollen, warum also nicht jetzt?«

»Warum sagen Sie das?«

»Sie werden wissen wollen, warum sie genauso gelogen hat wie ich.«

Alvarez hoffte, daß er nicht so überrascht aussah, wie er sich fühlte. Die nächste Frage zeigte, daß er vergeblich hoffte.

»Sie sind nach Pellapuig gefahren, weil Sie erfahren haben, daß Neil dort war. Nicht wahr?«

»In gewisser Weise.«

Ich werde Vera suchen.« Er ging hinaus.

Alvarez leerte sein Glas in einem Zug. Er hatte sein As gut ausgespielt.

Clough kehrte mit Vera zurück. Sie begrüßte Alvarez kurz und setzte sich in einen der Sessel. »Larry, kann ich etwas zu trinken haben?«

»Ich habe Phoebe gesagt, sie soll dir Champagner anbieten, aber offensichtlich hat sie dich nicht gefunden. Ich werde mich darum kümmern und fülle gleichzeitig unsere Gläser auf.« Er nahm Alvarez' Glas und sein eigenes und verließ wieder das Zimmer.

Nervös sah sie Alvarez an. »Larry sagt, Sie glauben offenbar, meine Schwester und er hätten eine Affäre?«

»Señora, vielleicht möchten Sie lieber warten, bis Ihr Mann zurückkommt, bevor wir diese Sache besprechen?«

»Nein, nicht nötig.«

Es überraschte ihn, daß sie plötzlich so entschlossen sprach.

»Sie müssen verstehen, wie lächerlich diese Annahme ist, und es fällt mir leichter, das zu erklären, wenn er nicht hier ist. Als wir jung waren, war meine Schwester immer die Ballkönigin. Verstehen Sie das?«

»Ich glaube schon.«

»Wegen ihres Aussehens und ihrer lebhaften Art standen die gutaussehenden Männer auf den Partys immer Schlange bei ihr. Sie heiratete Tancred, und ihr Leben war so, wie sie es sich immer vorgestellt hatte: ein großes Haus, große Partys, endlose Reisen ins Ausland. Aber nach ein paar Jahren verschwand er mit einer anderen Frau, und es stellte sich heraus, daß sein Reichtum eine große Illusion war. Mein Schwester war nicht mittellos, aber verglichen mit früher ging es ihr nicht sehr gut. Ein wenig später starb mein Mann, den sie immer ziemlich langweilig gefunden hatte, und hinterließ mir ein Vermögen. Ich fürchte, daß sie das sehr eifersüchtig gemacht hat. Als ich dann Larry heiratete, der so erfolgreich war, erreichten ihre Gefühle ein Stadium, in dem sie unverzeihliche Dinge sagte. Aber sie ist meine Schwester, also versuchte ich, freundlich zu bleiben, und um meinetwillen hat Larry ihr nie gesagt, was er von ihrem Verhalten hielt. Zum

Glück hat sie sich in den letzten Jahren mit ihrer Lage abgefunden, und wir sind uns wieder nähergekommen. Aber obwohl Larry wirklich wunderbar war und seine Gefühle versteckte, hat er niemals vergessen oder vergeben. Sie sehen also, sie ist wirklich die letzte Person, mit der er eine Affäre haben würde.«

»Vielen Dank, daß Sie mir das erzählt haben, Señora.«

Clough kam wieder herein. Er füllte eine Champagnerflöte, reichte sie seiner Frau und gab dann Alvarez ein Glas. Er setzte sich.

»Ich habe erklärt, wie die Dinge mit Fenella liegen«, sagte sie.

Clough sah Alvarez an. »Dann geben Sie sich damit zufrieden, daß ich in meinem eigenen Bett geschlafen habe und das Mädchen eine überschäumende Phantasie hat?«

»Ja, Señor.«

»Also bleibt noch die Frage, warum wir wegen Neil gelogen haben, nicht wahr? Wird alles, was wir jetzt sagen, vertraulich behandelt werden?«

»Solange es nicht nötig ist, wird nichts davon nach außen dringen.«

»Das ist nur fair ... Bevor Tancred Fenella heiratete, wurde er Vater. Die Mutter stammte aus einer reichen Familie, die reaktionär genug war, keine Ein-Kind-Familien zu dulden, und sobald das Baby geboren war, wurde es zur Adoption freigegeben. Wie Sie sicher schon vermuten, war der Name der Adoptiveltern Lewis.

Wir wissen nichts über das Leben dort, aber offensichtlich ist irgendwo irgend etwas falsch gelaufen. Neil trieb sich mit zwielichtigen Leuten herum und geriet in Schwierigkeiten. Er behauptete, seine Verurteilung hätte ihn so geschockt –«

Vera schnitt ihm das Wort ab. »Warum bist du so verbittert?«

»Weil ich die Dinge weitaus realistischer sehe als du, meine Liebe. Doch wie man es auch sieht, er beschloß, seine richtigen Eltern ausfindig zu machen – was heute, wie ich glaube, leichter ist als früher. Es gelang ihm, sowohl Vater als auch Mutter zu finden. Sie behauptete glattweg, er sei nicht ihr Kind, und wollte nichts mit ihm zu tun haben. Niemand wußte, wo sein Vater war, aber durch die Heirat mit Fenella fand Neil ihn. Durch einen glücklichen Zufall – aus seiner Sicht – kam er an dem Tag in ihrem Haus an, als meine Frau dort war. Neil – der arrogant allen anderen außer sich selbst die Schuld für seine Probleme gab – brachte Fenella sofort auf die Palme, aber meine Frau –«

Sie unterbrach ihn ein zweites Mal. »Er war tapfer, aber es war offensichtlich, daß er ein hartes Leben gehabt hatte, und man mußte einfach Mitleid mit ihm haben.«

»Du würdest noch für Jack the Ripper Mitleid aufbringen.«

»Das ist Unsinn. Aber ich war sicher, daß ein wenig Hilfe ihn retten könnte, also habe ich ihm Geld angeboten.«

»Obwohl Fenella dich warnte, es nicht zu tun.«

»Es kann nicht falsch sein, einem anderen Menschen helfen zu wollen.«

»Das ist leider ein Rezept für Katastrophen.« Er wandte sich wieder an Alvarez. »Es kam wie vorherzusehen war. Im Mai tauchte er wieder auf, mit einer zu Tränen rührenden Geschichte und der Bitte um noch mehr Geld. Meine Frau hatte sich erholt und wollte gerade nach Barcelona fliegen, also sagte sie ihm, er solle sich melden, sobald sie zurück war, und sie würde mit mir reden, um zu sehen, was zu tun wäre.

Neil konnte sicher sein, welchen Rat ich ihr geben würde, also versuchte er, meine Einwände zu hintertreiben. Er tauchte in Pellapuig auf, leider erst, nachdem ich abgereist war, und bettelte, wenn man ihm nicht mit Geld helfe, müsse er sich wieder dem Verbrechen zuwenden. Fenella sagte ihm, das sei sein Problem, meine Frau gab ihm wieder Geld. Fenella sagte meiner Frau natürlich, wie dumm sie sei, vermutlich regte sie sich so auf, weil sie meinte, sie hätte mehr Anrecht auf Geld und hätte ihren Urlaub umsonst bekommen sollen.«

»Was nur wieder zeigt, wie falsch du liegst, wenn du so schnell das Schlimmste von den Menschen annimmst«, sagte Vera. »Ihr Urlaub hat sie nicht das geringste gekostet.«

»Weil du ihn bezahlt hast?«

»Ja.«

»Das hätte ich mir denken können. Deine Großzügigkeit wird nur noch von deiner Verletzlichkeit übertroffen.«

»Du weißt, wie ich es hasse, wenn du so was sagst.«

»Wenn ich sehe, wie man dich reinlegt, nur weil du so gutmütig bist ... Genug der Familienlästereien, das ist für Dritte fast so langweilig wie Familienwitze ... Das nächste Mal tauchte Neil eines Morgens hier auf. Da es ihm an Einfallsreichtum mangelte, hatte er keine neue Geschichte auf Lager – Pech hatte ihn um sein Geld erleichtert, er war mal wieder mittellos und versuchte verzweifelt, den Fängen des Verbrechens zu entfliehen, und wenn er nur Geld bekäme, würde er sich einen Job suchen und ein anständiger Bürger werden.«

»Warum haben Sie ihm dieses Mal geglaubt?«

»Das habe ich nicht gesagt.«

»Die Geschichte, daß Sie der Schneiderin Ihrer Frau eine Million Peseten gezahlt haben, war doch sicher eine Lüge?«

»Natürlich. Aber ich hatte nie erwartet, in diesem Punkt angefochten zu werden, und mußte mir aus dem Stegreif eine Erklärung einfallen lassen. Nein, ich glaubte ihm nicht mehr als zuvor.«

»Warum haben Sie ihm das Geld dann gegeben?«

Zum ersten Mal zögerte Clough. »Als ich auf dieser Insel ankam, lernte ich schnell, daß die Gemeinde der ständig hier lebenden Ausländer zwar nicht viele soziale Schichten hat, aber auch nicht absolut klassenlos ist. Ich schätze, daß noch vor ein paar Jahren die Herkunft den Zugang zu den oberen Kreisen bestimmte, doch wie an den meisten anderen Orten, sind die Normen gesunken, und Geld ist die wichtigste Voraussetzung geworden. Lebe in einem großen Haus, fahre einen teuren Wagen, bevorzugt eine deutsche Marke, und man wird praktisch überall aufgenommen, ganz gleich, wie ungehobelt man sein mag. Wir wurden ohne Fragen akzeptiert.

Wenn eine Gesellschaft soziale Werte anhand angenommenen Reichtums bewertet, können ihre Mitglieder niemals leicht mit Geld umgehen, weil Geld, anders als Herkunft, nicht von Dauer ist. In den alten Zeiten konnte ein Aristokrat jede Art von Skandal einfach mit einem Schulterzucken abtun. Der moderne Parvenü fürchtet – anders als in der Welt der Unterhaltungsindustrie – schon den Hauch eines Skandals. Ich war überzeugt, wenn die Leute erfuhren, daß unser Neffe – obwohl Neil gar kein Neffe war, aber Klatsch zieht Fiktion den Fakten vor – ein verurteilter Krimineller war, dann hätten sie uns ausgestoßen und sich gleichzeitig daran ergötzt, daß sie keine kriminellen Neffen hatten. Um das zu verhindern, gab ich Neil das Geld unter der Bedingung, daß er aus unserem Leben verschwand.«

»Aber Sie haben gesagt, daß Sie ihm nicht glaubten, wenn er ein Versprechen gab.«

»Weil mein Urteilsvermögen von persönlichen Überlegungen getrübt war. Dann stritt ich jede Logik ab und fand es irgendwie möglich zu hoffen.«

»Haben Sie Señor Lewis noch einmal gesehen, nachdem Sie ihm das Geld gegeben hatten?«

»Nein. Ich hoffte, er hätte die Insel verlassen, bis Sie mir sagten, er werde vermißt.«

»Das waren möglicherweise keine unwillkommenen Neuigkeiten?«

Clough lächelte bitter. »Eine Frage mit Widerhaken! Akzeptiere ich Ihre Einschätzung und ziehe dadurch Ihren Blick noch stärker auf mich, oder weise ich sie zurück und riskiere, als Heuchler dazustehen?«

Alvarez schwieg einen Augenblick lang. »Danke, daß Sie so offen waren.« Er erhob sich.

»Ich hoffe, Sie können jetzt verstehen, warum wir Sie belogen haben«, sagte Clough.

»Die Sache ist die, Inspektor, daß Sie mir nie geglaubt haben, richtig?« fragte Vera.

»Señora, ich glaube einer Dame nur dann nicht, wenn ich dazu gezwungen bin.«

»Galant, aber kaum eine Antwort.«

Alvarez verabschiedete sich von Vera und folgte Clough durch die Halle nach draußen. Als er zu seinem Wagen ging, tauchte Phoebe neben dem Haus auf. »Nehmen Sie Larry fest?« fragte sie fröhlich.

»Nein, Señorita.«

»Wie schade!«

»Mußt du so enttäuscht sein?« fragte Clough trocken.

»Aber dann hätte ich Wendy etwas zu erzählen gehabt.«

»Sorg für deine eigene Festnahme, um dir einen lebhaften Stil zu sichern.«

»Warum sollte der Inspektor mich verhaften?«

»Streng deine Phantasie an.«

»Und?«

»Warum versuchst du es nicht mit unsittlicher Belästigung?«

Sie sah Alvarez an. »Würden Sie mich dafür festnehmen?«

»Es tut mir leid, ich weiß nicht, was ich mir darunter vorstellen soll.«

Sie lachte.

Als er in seinen Wagen stieg und davonfuhr, kam er sich dumm vor.

19

»Enrique, du siehst traurig aus«, sagte Dolores.

Alvarez aß den letzten Löffel *Sopa torrada*, guckte in die Keramikschüssel und sah, daß Hähnchen und Brotsuppe verspeist waren. Das machte ihn womöglich noch trauriger.

»Stimmt etwas nicht?« Ihre Familie war ihr Leben, und der kleinste Hinweis darauf, daß eines der Mitglieder Schwierigkeiten hatte, beunruhigte sie.

»Am Montag muß ich mit dem Chef telefonieren.«

»Montag ist erst in drei Tagen«, sagte Jaime. »Vergiß es bis dahin.«

»Wie kann ich vergessen, daß er sich in drei Tagen endlos darüber auslassen wird, wie inkompetent ich bin?«

»Wenn er so was sagt«, fuhr Dolores ihn an, »hat er den Verstand eines Insekts. Warum ist so ein Mann dein Vorgesetzter?«

»Weil der Generaldirektor ihn dazu ernannt hat.«

»Dann ist der ein noch größerer Narr.«

»Das könnte sein. Es heißt, er ist eher Politiker als Polizist.«

»Warum sollte der Chef behaupten, du wärst inkompetent?«

»Ich habe die Abteilung gerade viel unnützes Geld gekostet.«

»Die Abteilung gehört zur Regierung. Was tut die Regierung sonst, außer Geld zu verschwenden?«

»Das wäre ja nicht so schlimm, wenn nicht inzwischen klar wäre, daß die ganze Untersuchung ebenfalls Zeitverschwendung gewesen ist.«

»Und das ist deine Schuld?«

»Eigentlich nicht.«

»Dann brauchst du dir auch keine Sorgen zu machen.«

»Der Chef wird schon dafür sorgen, daß ich mir Gedanken mache.« Alvarez leerte sein Glas in einem Zug. »Wie auch immer, vielleicht stimmt es ja, daß ich inkompetent bin.«

»Hör auf, solchen Unsinn zu reden!«

»Ein Mann mit ein wenig Verstand zählt die Schäfchen erst, wenn er sicher ist, daß sie ihm gehören.«

»Ein Mann kann nur das tun, was er für richtig hält.« Sie stand auf, nahm die schmutzigen Teller und trug sie hinaus in die Küche.

»Eins verstehe ich nicht«, sagte Jaime, während er sein Glas auffüllte. Er schob die Weinflasche über den Tisch. »Wer hat seine Schafe verloren?«

»Was für Schafe?« Alvarez war nicht ganz bei der Sache.

»Die, die gestohlen wurden und die du nicht finden kannst.«

»Ich habe die Schafe nur als Metapher gebraucht. Ich meinte damit, ich hätte alle Tatsachen erst überprüfen müssen, bevor ich eine Theorie entwarf, um sie zu erklären.«

»Das verstehe ich immer noch nicht.«

»Ich bin nicht mal sicher, daß ich es verstehe. Es gibt kein erkennbares Motiv für den Mord an Lewis, also ist er vermutlich an die Reling getreten, um zu pinkeln, fiel über Bord und war zu betrunken, um sich selbst zu retten. Doch wenn das der Fall war, warum war er dann betäubt?«

»Falls er stoned war, wo liegt dann das Problem?«

»Nicht diese Art von Drogen. Mickey Finn.«

»Noch nie gehört.«

»Das benutzt man, um den Drink eines potentiellen Opfers zu präparieren, damit man es leichter ausrauben kann. Lewis war definitiv betäubt, was praktisch bestätigt, daß die anderen es auch waren.«

»Welche anderen?«

»Sein Freund und zwei Frauen.«

Jaime nahm einen langen Schluck und dachte nach. »Du nennst dich Detektiv?« fragte er schließlich mit dickem Sarkasmus. »Er wollte es sich selbst und seinem Freund leichtmachen, mit den Mädchen Spaß zu haben, hat aber vergessen, in welche Flasche er das Mittel geschüttet hatte, und hat aus Versehen auch davon getrunken. Daran hast du noch nicht gedacht, nehme ich an?«

»Stimmt. Aber falls es so war, wie kommt es dann, daß in dem restlichen Whisky und den Gläsern keine Spur von dem Betäubungsmittel war?«

»Woher soll ich das wissen? Glaubst du, ich mache die ganze Arbeit für dich?«

Man sollte immer alles auf morgen verschieben, wenn es heute nicht unbedingt gemacht werden muß. Dennoch muß man es irgendwann einmal in Angriff nehmen. Am Montag morgen akzeptierte Alvarez, daß er seinen Chef anrufen mußte, und daher war es nur vernünftig, vorher im Club Llueso den Trost von einigen Glas Weinbrand in Kaffee zu suchen. Leider trösteten sie ihn nicht so sehr, daß ihm seine Aufgabe angenehmer erschien.

»Der Chef«, sagte die Sekretärin, »arbeitete heute nicht.« Ihr Ton wurde feierlich. »Er liegt krank im Bett.«

»Ist es ernst?«

»Sie hören sicher gerne, daß er sich zwar äußerst unwohl fühlt, aber keine große Gefahr besteht. Er hat sich beim Golfspielen den Rücken verrenkt.«

»So ein Pech.«

»Ja, wirklich... Wünschen Sie mit Comisario Borne zu sprechen, der vorübergehend seine Aufgaben übernommen hat?«

»Ich glaube nicht, vielen Dank.«

Er verabschiedete sich und legte auf. Er öffnete die obere rechte Schublade des Schreibtisches und holte eine Flasche und ein Glas hervor. Er goß sich den dritten Weinbrand dieses Morgens ein und trank auf das Golfspiel.

Er ging gerade über den unteren Teil des alten Platzes, als er eine Stimme hörte.

»Hallo.«

Er sah sich um und erblickte Phoebe. »Guten Tag, Señorita.«

»Guten Abend, Señor«, erwiderte sie mit spöttischer Stimme. »Sagen Sie, sind Sie immer so förmlich, oder nur zu Personen, die Sie nicht leiden können?«

»Warum sollte ich Sie nicht leiden können?«

»Wegen meines besonderen Humors. Obwohl ich zu meiner Verteidigung sagen muß, daß es eigentlich Larrys Schuld ist. Ich habe ihm gesagt, daß wir Sie mit diesem albernen Scherz in Verlegenheit gebracht haben, aber er sagte, Sie hätten nur gelacht, als Sie herausfanden, was unsittliche Belästigung bedeutet. Jetzt können Sie es mir ja sagen: Hatte er recht?«

»Meine Ignoranz war mir peinlich, Ihren Witz fand ich lustig.«

»Eine taktvolle Ausrede, wie ich sie selten gehört habe!« Sie lächelte und wechselte das Thema. »Larry hat mich gestern morgen hierhergefahren, und ich fand das Dorf so hübsch, daß ich es gern erkunden und anschließend in einem Café sitzen und gemütlich etwas trinken wollte, doch er hatte es so eilig, also bin ich heute wiedergekommen ... ich nehme an, Sie sind auf dem Weg nach Hause?«

»Leider nein. Ich habe erst um halb acht oder acht Uhr Feierabend.«

»Ich vergesse immer, daß die Arbeitszeiten hier so ganz anders sind.«

Es war interessant zu sehen, dachte er, wie ihre direkte, lässige und freundliche Art sie sofort als Engländerin oder Amerikanerin auswies. Wäre sie aus Spanien oder aus einem anderen Land des europäischen Festlands gewesen, hätte ihr Verhalten andeutungsweise sexuell animierend gewirkt, wenn nicht sogar provokativ ...

»Also, ich darf Sie nicht länger von der Arbeit abhalten.«

Manche Aspekte dieses Falles verwirrten ihn immer noch. Wenn er ihr etwas zu trinken anbot, wäre es leicht, über Dinge zu sprechen, die sie beide angingen, und wenn er sehr vorsichtig war, sollte es eigentlich keinen Grund geben, warum sie die wahren Motive für seine Einladung erriet. »Señorita, ausnahmsweise muß ich mich einmal nicht beeilen, also vielleicht darf ich Sie zu einem Drink einladen?«

»Das wäre großartig. Aber unter einer Bedingung: Ich heiße Phoebe, nicht ›Señorita‹.«

Sie stiegen die Treppe zum oberen Teil des Platzes hinauf, gingen zu den Tischen und setzten sich in den Schatten eines Baumes. Ein Kellner nahm ihre Bestellung auf.

Sie lehnte sich in ihrem Stuhl zurück. »Ich frage mich, warum das hier so natürlich ist, in England aber irgendwie affektiert wirkt.«

»Vielleicht, weil es in Spanien natürlich ist, das zu tun, was Spaß macht.«

»Wollen Sie damit andeuten, daß das zu Hause anders ist?«

»Ich habe immer gedacht, daß die Briten es als Sünde betrachten, zuviel Vergnügen zu haben.«

»Das ist schon lange her. Heutzutage wird häufig behauptet, daß der Niedergang der Nation an der allzu großen Sucht nach Vergnügungen liegt.«

»Was doch sicher eine unterschwellige Mißbilligung ist?« Sie lachte.

Er bemerkte, wie sich die Haut um ihre Augen in Falten legte und das Lachen über das ganze Gesicht ausstrahlte. »Bleiben Sie lange auf der Insel?«

»Vermutlich bis Vera und Larry genug von mir haben. Zu Hause ... Sagen wir mal, es ist etwas passiert und ich mußte Abstand von allem gewinnen. Es ist eigenartig, aber bei ihnen fühle ich mich wohler als bei meiner eigenen Familie. Ich nehme an, das liegt daran, daß meine Familie sich ständig in den Haaren liegt, während diese beiden offenbar immer einer Meinung sind.«

Damit gab sie ihm das Stichwort, das er gebraucht hatte. »Ich hatte den Eindruck, daß sie zumindest über Señor Lewis nicht einer Meinung waren.«

»Das wundert mich kaum.«

»Warum sagen Sie das?«

»Weil ich ihn auf den ersten Blick nicht leiden konnte. Großspurig und aggressiv.«

»Dennoch war Señora Clough sehr freundlich zu ihm, nicht wahr?«

»Seit dem Tag, als sie ihn bei Fenella kennengelernt hat, ließ sie sich von ihm auf der Nase herumtanzen, trotz Larrys Warnungen.«

»Ich nehme an, sein Tod hat sie sehr aufgeregt?«

»Natürlich. Sie ist keine Närrin, und ich bin sicher, daß sie zum Teil auch gemerkt hat, was für ein Mensch er war, aber sie ist eine unverbesserliche Optimistin, und es gelang ihr, diese Erkenntnis hinter der Überzeugung zu verbergen, daß er sich noch ändern könnte.« Sie hielt inne und fuhr dann unsicher fort. »Klinge ich schon wie eine Möchtegern-Psychologin?«

»Ganz und gar nicht. Ich glaube, Sie verstehen die Menschen.«

»Manchmal. Aber mich selbst nie.« Sie ließ ihren Blick in die Ferne schweifen.

Sein erster Eindruck war falsch gewesen. Es stimmte schon, nach den üblichen Maßstäben war sie keine große Schönheit, aber ihre offene Art hatte ihren eigenen beträchtlichen Charme... Er wollte ihr schon eine weitere Frage über Clough und Lewis stellen, doch er entschied sich anders, aus Angst, sie könnte seine Strategie erkennen. »Möchten Sie noch etwas trinken?«

»Wissen Sie, sehr gern! Es macht Spaß, die Welt einfach vorbeiziehen zu lassen.«

20

»Was hat dein Chef gesagt?« fragte Jaime und goß sich noch etwas zu trinken ein.

Alvarez, ganz in Gedanken versunken, blickte auf. »Was ist?«

Jaime wiederholte die Frage.

»Das habe ich dir gestern beim Mittagessen erzählt.«

»Nein, hast du nicht, denn ich war gar nicht hier.«

»Nicht?«

»Sieht so aus, als wärst du jetzt auch nicht richtig hier . . . Hat der Chef dich zusammengestaucht?«

»Ich bin gar nicht dazu gekommen, mit ihm zu reden, weil er gerade nicht arbeitet, nachdem er sich beim Golf den Rücken verrenkt hat. Großartiges Spiel.«

Jaime nahm einen langen Schluck. »Das Problem mit dem Whisky und mit den Gläsern. Also, ich habe darüber nachgedacht. Weißt du was?«

»Was?«

»Der Kerl ist länger wach geblieben als die Frauen und hat alles saubergemacht, bevor er ohnmächtig wurde, damit niemand herausfinden sollte, was er vorhatte. Wie klingt das?«

»Genial.«

Das Telefon klingelte. Nach einer Weile steckte Dolores ihren Kopf durch den Perlenvorhang, starrte sie an, seufzte, kam herein und eilte ins Vorzimmer.

Jaime leerte sein Glas und füllte es gleich wieder. »Ich war schon immer der Meinung, daß ich in deinem Job gut wäre. Ich meine, ich bemerke Dinge und habe Ideen. Mehr braucht man dafür nicht.«

»Ich nehme an, das stimmt sogar.«

Plötzlich war Geschrei zu hören, und Isabel kam dicht gefolgt von Juan ins Zimmer gerannt. Sie machte einen Schlenker an Alvarez' Stuhl vorbei, stieß gegen die Tischkante, fiel hin und schrie auf. Juan lachte höhnisch. Sie vergaß ihren Kummer und trat nach ihm und erwischte ihn so fest an seinem linken Knöchel, daß er vor Schmerz aufschrie. Er hüpfte herum und beschimpfte sie mit verschiedenen Namen, die alles andere als schmeichelhaft waren.

»Wie kannst du es wagen, so zu reden!« rief Dolores von der Tür des Vorderzimmers herein.

Es war viele Tage her, seit ihre Stimme zum letzten Mal so scharf und autoritär geklungen hatte. Juan beeilte sich, ein paar Entschuldigungen zu stammeln. »Ich habe –«

»Unflätige Ausdrücke benutzt.«

»Sie hat mich getreten und mir fast den Knöchel gebrochen.«

»Habe ich nicht«, protestierte Isabel.

»Hast du doch.«

»Du hast mich gegen den Stuhl geschubst.«

»Du bist dagegengelaufen, weil du dumm bist.«

»Still!« fuhr Dolores sie an. »Juan, geh in dein Zimmer.«

»Aber –«

»Noch ein Wort, und du ißt zum Abendessen nur Brot und Olivenöl. Und falls ich noch einmal höre, daß du deine Schwester mit solchen Ausdrücken beschimpfst, werde ich dir den Mund mit Lejia auswaschen.«

Juan ging hinaus und schnitt seiner Schwester hinter dem Rücken seiner Mutter Gesichter. Isabel begann zu schluchzen.

»Sei nicht so wehleidig.«

»Er hat mir an der Schulter weh getan –«

»Wenn du jedes Mal, wenn ein Mann dir weh tut, losheulen willst, hast du keine Zeit mehr für etwas anderes.« Sie stemmte die Hände in die Hüften und starrte wütend Jaime an. »Du weißt, wo dein Sohn den Mist lernt, den er hier im Haus von sich gibt, oder?«

»Von den anderen Jungen.«

»Von seinem Vater. Einem Mann, der so lange trinkt, bis es ihm völlig egal ist, welches armselige Beispiel er seinen armen Kindern gibt.«

»Jetzt hör aber auf!«

»Der ihre Unschuld zerstört, ohne auch nur einen Augenblick Reue zu verspüren, denn die Trinkerei hat ihm jedes anständige Gefühl geraubt.«

»Was soll denn das? Das hier ist mein erstes Glas –«

»Glaubst du, ich bin so dumm, daß ich jede Lüge glaube, ganz gleich, wie lächerlich?«

»Beruhigst du dich jetzt endlich?«

»Aber vielleicht hast du recht, wenn du über mich lachst. Schließlich habe ich dich geheiratet.« Sie rauschte aus dem Zimmer zurück in die Küche.

»Sie hat Glück, daß ich so gutmütig bin und ihr nicht was erzählt habe.«

Sie steckte den Kopf durch den Perlenvorhang. »Und was hätten deine alkoholgeschwängerten Worte gesagt?«

Jaime schwieg.

»Noch mehr Lügen, so absurd, daß nicht einmal eine Fünfjährige sie glauben würde?« Sie zog sich zurück. Einen Augenblick später erklang lautes Klappern aus der Küche.

Jaime trank aus. »Es ist schon gut zu wissen, daß mit ihr alles in Ordnung ist«, sagte er leise.

Es war kein fröhliches Essen. Dolores war derart aggressiv und wachsam gewesen, daß die beiden Männer – obwohl sie jeder nicht mehr als ein Glas aus der offenen Flasche Wein getrunken hatten – es für klug hielten, nicht nach einer neuen Flasche zu greifen.

Als Alvarez den letzten Rest der gebackenen Mandeln und Bananen aß, sah er auf die Uhr.

»Bist du in Eile?« fragte Dolores.

Er schluckte. »Ich muß raus. Arbeiten.«

»Ach so. Dann hast du dir also ein frisches Hemd angezogen, weil du dich mit jemandem triffst?«

Er war doch immer wieder erstaunt darüber, daß sie Dinge bemerkte, die er lieber vor ihr verborgen hätte. »Das Hemd, das ich anhatte, war schmutzig.«

»Und du hast dich ein zweites Mal rasiert, weil dein Bart heute doppelt so schnell nachgewachsen ist?«

Er griff nach seinem Glas und merkte, daß es leer war.

»Warum sind die Männer nur so dumm?« Sie sah ihn

über den Tisch hinweg an. »Isabel, Juan, ihr dürft aufstehen.«

Dankbar hasteten sie aus dem Zimmer.

»Männer glauben doch immer, daß man ihre Lügen, ganz gleich, wie erbärmlich sie klingen, glaubt. Mein Mann redet mir ein, er hätte nur ein Glas getrunken, und merkt gar nicht, daß sein Glas leer war, als ich zum Telefon ging, und wieder voll, als ich zurückkam. Mein Cousin behauptet, er hätte sein Hemd gewechselt und sich ein zweites Mal rasiert, weil er arbeiten müsse – arbeiten! Da die Männer an der Regierung sind, müssen wir uns da noch wundern, daß alles im Chaos liegt?«

»Ich mußte ein Treffen mit jemandem arrangieren. Und um des Ansehens des Cuerpo willen muß ich ordentlich und gepflegt aussehen.«

»Und dieser jemand ist eine Frau?«

»Welche Rolle spielt das?«

Sie blickte zur Decke. »Er fragt mich, welche Rolle das spielt! Glaubt er, ich hätte wirklich die vielen Male vergessen, die er sich selbst zum Gespött der Leute gemacht hat, indem er hinter Ausländerinnen her war, die jung genug waren, seine Tochter zu sein, anstatt genug Verstand zu zeigen und sich mit einer anständigen mallorquinischen Frau von einigem Wohlstand anzufreunden, deren Ehemann gerade verstorben ist?«

»Es gibt keinen Grund, so zu reden. Ich treffe sie nur, weil–«

»Also ist es eine Frau!«

»Weil sie mir bei meinen Nachforschungen helfen kann.«

»Ist sie Ausländerin?«

»Ja, aber –«

»Und halb so alt wie du?«

»Das ist ja lächerlich. Vielleicht ist sie ein wenig jünger . . .«

Sie stand auf. »Mein Cousin hat so sehr jedes Gefühl für Anstand verloren, daß er auf dem Platz sitzt, wo alle ihn sehen können, und mit einer Frau etwas trinkt, die nur halb so alt ist wie er und so angezogen, daß alle anständigen Leute ihren Blick abwenden!«

»Diejenige, die dich vorhin angerufen hat, hat ihren Blick offenbar nicht abgewendet. Ich nehme an, sie ist nicht anständig?«

Sie warf den Kopf zurück und marschierte in die Küche, und ihre glänzenden dunkelbraunen Augen funkelten feurig.

»Jetzt hast du es geschafft«, sagte Jaime, und in seiner Stimme war ein Anflug von Bewunderung zu hören.

Alvarez bog auf den kleinen Parkplatz an der Promenade ein und hielt an, als er Phoebe neben einem grünen Mercedes auf der anderen Seite stehen sah. Eine leichte Brise spielte in ihren Haaren, die ihr unstet über Stirn und Wangen fielen. Ihr Kleid war einfach geschnitten, dennoch paßte es zu ihrer eleganten Erscheinung. Diskretion und unabsichtliche Provokation, dachte er. Eine Kombination, die für einen Mann, der weniger reif war als er, sicher Gefahren bergen konnte.

Sie sah ihn und kam herüber. Er beugte sich vor, um die Beifahrertür zu öffnen, und sie setzte sich und stellte eine Strandtasche zu ihren Füßen.

»Es tut mir leid, daß ich zu spät komme«, sagte er.

»Ist es wirklich möglich, in diesem Land zu spät zu kommen?«

Er lächelte.

»Wohin fahren wir?«

»Ich dachte mir, vielleicht würden Sie gern zum Leuchtturm fahren und entweder vorher oder nachher im Hotel Parelona etwas trinken?«

»Hört sich gut an. Larry hat erst gestern von dem Hotel gesprochen, und er meint, daß es seinem Namen gerecht wird. Er sagte, wenn die Touristen den Strand verlassen haben, könnte man dort wunderbar schwimmen... Haben Sie Ihre Badehose mitgebracht?«

»Ich bin kein begeisterter Schwimmer.«

»Wo Sie hier leben? Sie sollten sich schämen!«

Die Fahrt dauerte lange, obwohl die Entfernung nicht allzu groß war, und gestaltete sich wenig dramatisch. Die Aussicht veränderte sich von verschiedenen Perspektiven auf idyllische Buchten, das spiegelglatte Meer, monströse Klippen und immer wieder Hügel.

Als sie zum Hotel hinunterfuhren, sagte er: »Hier müßten wir zum Leuchtturm abbiegen. Was möchten Sie gern machen: weiterfahren und auf einen Drink zurückkommen oder jetzt anhalten?«

»Was schlagen Sie vor?«

»Wenn wir weiterfahren, können wir den Sonnenuntergang sehen. Manchmal sieht das Meer dann so aus, als stehe es in Flammen.«

»Das wäre doch der passende Höhepunkt für diese aufregende Fahrt. Diese Gelegenheit können wir uns einfach nicht entgehen lassen. Außerdem hieße das, daß ich im Dunkeln schwimmen kann, und das ist doppelt so lustig, weil es so geheimnisvoll ist.«

Er hatte eigentlich ganz verstohlen noch mehr Fragen stellen wollen, doch das Ganze machte ihr offensichtlich so viel Vergnügen, daß ihm plötzlich klar wurde, daß er ihre Naivität ausnutzen würde, wenn er sie heute abend ausfragte. Während er den Gang einlegte und nach links einbog, versicherte er sich selbst immer wieder, daß er seine Entscheidung ganz allein aus beruflichen Gründen getroffen hatte.

Sie fuhren mehrere Kilometer über eine fast ebene Straße, die schließlich wieder steil anstieg, durch einen Tunnel führte und immer schwieriger wurde, bis sie sie endlich zum Leuchtturm an der äußersten Spitze der Insel brachte.

Wie auf Befehl verwandelte die untergehende Sonne das Wasser in funkelndes Rotgold.

»Wow!« rief sie aus.

Kaum ein poetischer Ausruf, aber nicht einmal die Zeilen von Felipe Almunia hätten ihn mehr erfreuen können.

Sie nahmen zwei Drinks auf der sanft beleuchteten Terrasse des Hotels und machten danach einen Spaziergang durch den Garten zum Strand. Er setzte sich an den Fuß einer Palme. Er hatte erwartet, daß sie sich ein wenig von ihm entfernte, um sich umzuziehen, denn der Mond schien hell, doch sie blieb in seiner Nähe. Während er mit festem Blick hinaus aufs Meer blickte, hörte er das schnelle Ratschen eines Reißverschlusses. Er bemühte sich sehr, sich nicht die Folgen dieses beziehungsreichen Geräusches vorzustellen . . .

»Ich liebe Schwimmen« sagte sie, »daher kann ich ewig im Wasser bleiben und merke gar nicht, wie die Zeit vergeht. Wenn Ihnen langweilig wird, rufen Sie mich.«

Als sie über den Sand ins Wasser rannte und bald nur noch ein beweglicher Schatten war, wünschte er sich, er wäre ein olympischer Goldmedaillengewinner, der wie ein Torpedo das Wasser durchpflügen konnte.

Er fuhr auf den Parkplatz und hielt in der Nähe des Mercedes an.

»An diesen Abend werde ich mich noch sehr lange erinnern«, sagte sie.

»Das freut mich.« Mehr fiel ihm nicht ein.

Sie öffnete die Tür und stieg aus. Zu spät stieg auch er aus, um mit ihr zu ihrem Wagen zu gehen. Sie schloß auf, setzte sich hinter das Steuer und drückte einen Knopf, um das Fenster herunterzulassen. »Nochmals tausend Dank.«

Die nächste Straßenlaterne war weit genug weg, so daß ihr Gesicht nur zum Teil beleuchtet war. Schatten ließen es faszinierend elegant wirken.

»Wir sehen uns.«

»Wie wäre es mit morgen abend?« fragte er.

»Großartig.«

21

Dolores seufzte. Als Alvarez sich eine zweite Scheibe *Coca* abschnitt, seufzte sie noch einmal.

»Was ist los?« fragte er.

»Das fragst du noch?«

Da wurde ihm klar, worauf die Seufzer hinausliefen. Er aß einen Bissen *Coca* und gab noch einen Löffel Zucker in die heiße Schokolade.

»Ich habe gestern abend gehört, wie du nach Hause gekommen bist.«

»Es tut mir leid. Ich habe mich bemüht, leise zu sein.«

»Es war nach Mitternacht.«

»Ja? Ich habe nicht auf die Zeit geachtet.«

»Welcher Mann tut das schon, wenn er den Verstand verliert?«

»Warum hörst du nicht damit auf? Ich habe sie gestern abend nur aus beruflichen Gründen gesehen, an so was habe ich nicht gedacht.«

»Hältst du mich für so dumm, dir das zu glauben?«

»Ich habe dir gesagt –«

»Du sagst so einiges. Nur weil ich ein einfacher, vertrauensvoller Mensch bin, glaube ich sogar die Hälfte davon.«

»Es gibt Hinweise, die ich überprüfen muß, und sie kann mir dabei helfen.«

»Und dazu ist es nötig, die ganze Nacht mit ihr zu verbringen?«

»Die ganze Nacht? Du hast mir gerade erzählt, daß ich kurz nach Mitternacht zu Hause war.«

»Ich habe nicht ›kurz nach‹ gesagt ... Enrique, siehst du denn nicht, wieviel Kummer es mir macht, daß man dich bald wieder verletzt?«

»Warum sollte ich, wenn ich doch genau weiß, was ich tue?«

»Wenn ein Mann das behauptet, weiß er weniger als

nichts.« Sie drehte ihm den Rücken zu und klapperte laut mit Geschirr.

»Das verstehst du nicht.«

»Mein Pech ist, daß ich es nur zu gut verstehe«, erwiderte Doleres.

»Es ist nicht, was du denkst. Warum hörst du mir nicht zu?«

»Weil es immer dieselbe Geschichte ist, wenn ein alter Mann eine junge Frau kennenlernt.«

»Ich bin kein alter Mann.«

»Für sie schon.«

»Zwischen uns liegen nur ein paar Jahre. Ich verspreche dir –«

»Männer machen nur Versprechungen, wenn sie die Absicht haben, sie zu brechen.«

Er gab auf.

Er dachte gerade, daß bald Zeit war, das Büro zu verlassen, als das Telefon klingelte. Es war Phoebe.

»Es tut mir leid, Enrique, aber ich muß unseren Ausflug heute abend absagen.«

»Warum?« fragte er heftiger als beabsichtigt.

»Die beiden Mädchen haben heute abend frei, und die Putzfrau, die aufs Haus hätte aufpassen sollen, weil Larry und Vera zum Essen ausgehen, hat gerade angerufen und gesagt, sie könne nicht kommen, weil ihr Mann krank ist. Larry bat mich, zu Hause zu bleiben, er wußte ja nicht, daß ich mich mit Ihnen treffen wollte. Als er das hörte, sagte er, ich solle mir keine Gedanken machen, aber er war so freundlich zu mir, da kann ich ihn jetzt nicht im Stich lassen.«

Er hatte sich darauf gefreut, sie wiederzusehen, und die Enttäuschung traf ihn sehr – eine Enttäuschung, so versicherte er sich selbst eilig, die aus der Tatsache entstand, daß ein paar weitere kunstvoll versteckte Fragen ihm die Antworten hätten geben sollen, die er noch brauchte. »Ich könnte zu Ihnen nach Son Preda kommen, wenn Sie wollen.«

»Um die Wahrheit zu sagen, das hatte ich auch vorschlagen wollen, aber dann dachte ich, es wäre viel zu weit, nur um hier einen langweiligen Abend zu verbringen.«

»Es ist gar nicht so weit, aber weit davon entfernt, langweilig zu sein.«

»Ein echter Charmeur!« Sie lachte leise in sich hinein.

Er fuhr vor dem Haus vor. Als er aus dem Auto stieg, wurde die Eingangstür des Hauses geöffnet, und Phoebe trat heraus. Gegen seinen Willen kam ihm der Gedanke, daß sie mehr als alle anderen Frauen, die er bis dahin kennengelernt hatte, die beiden Gesichter von Eva repräsentierte – frische Unschuld und lustvolles Versprechen.

»Ich hoffe, Sie sitzen beim Essen gern draußen«, sagte sie. »Für mich ist das eines der schönsten Dinge hier. Wenn es dunkel wird, ist die Luft kühler und frischer, die Sterne sind kristallklar, die Welt kommt zur Ruhe ... Man muß in England gelebt haben, um zu verstehen, warum das etwas Besonderes ist. Kommen Sie rein. Ich dachte, wir setzen uns an den Pool. Wegen der Aussicht. Ich hoffe, Sie haben Ihre Badehose mitgebracht.«

»Habe ich nicht, weil ich nicht wußte, daß es hier einen Pool gibt.«

»Hätten Sie sie sonst mitgebracht?«

»Ja«, antwortete er unbesonnen.

»Wir haben eine ganze Reihe Badehosen hier, eine davon paßt Ihnen sicher.«

»Das ist gut.« Er hoffte, daß er begeisterter klang, als er sich fühlte.

Der Pool lag zweihundert Meter hinter dem Haus und war so angelegt, daß man von dort einen weiten Blick über das Land hatte.

»Ich sage mir immer, daß man von hier das Land sehen

kann, wie es früher einmal war – bevor die Touristen kamen.«
Sie hielt inne. »Stimmt das?«

»Auf gewisse Weise ja, würde ich schon sagen.«

»Aber irgend etwas ist anders?«

»Damals wurde jedes Feld bebaut, und alle Männer, Frauen und Kinder arbeiteten darauf, bis es dunkel wurde.«

»Sie lieben das Land, nicht wahr?«

»Ja«, antwortete er einfach.

Sie ging hinüber zu einem der Rohrstühle, die um den Tisch herumstanden, und setzte sich. »Spielen Sie den Kellner? Die Drinks sind drinnen. Ich hätte gern einen Gin Tonic, mit wenig Gin und sehr viel Eis. Wenn Sie nicht finden können, was Sie trinken wollen, rufen Sie mich, und ich hole es aus dem Haus.«

Der große Hauptraum des Komplexes war für ein ungezwungenes Leben ausgestattet, und es gab einen Gasherd, Kühlschrank, Geschirrschrank, Eßtisch und Stühle. An zwei Wänden hingen gewebte Rahmen mit primitiven Mustern in kühnen Farben, an der dritten Wand vier gerahmte Drucke mit Ansichten von Mallorca, und auf dem gefliesten Boden lagen Flechtmatten.

Er goß die Drinks ein, gab Eis und eine Scheibe Zitrone in ihr Glas, in seines nur Eis, und ging wieder nach draußen.

Sie hatte ihren Stuhl verschoben, so daß sie in der tiefliegenden Sonne saß, und ihr Rock war so weit hochgezogen, daß ihre Beine entblößt waren. Er reichte ihr ein Glas und versuchte, sich auf alles mögliche, nur nicht auf ihre Beine zu konzentrieren.

»Woran denken Sie gerade?« fragte sie.

Hastig schwindelte er. »Daß man sich für gewöhnlich an das Gute erinnert und das Schlechte vergißt.«

»Wieso sezieren Sie das Leben, anstatt es zu genießen?«

»Sie haben gefragt, ob der Blick über das Land die Erinnerung an die Vergangenheit hervorruft, und das machte mich wehmütig. Aber ich bin ganz sicher, wenn ich einer von denen gewesen wäre, die vom Morgengrauen bis in die Abendstunden auf den Feldern arbeiteten, dann hätte ich mich bestimmt nach der Zukunft gesehnt.«

»Auch wenn Sie nicht wissen konnten, ob die Zukunft besser sein würde?« Sie erhob ihr Glas. »Keine tiefsinnigen Gedanken mehr. Ich mag es nicht, wenn Sie so ernst sind.« Sie trank einen Schluck. »Das Abendessen ist ganz leicht vorzubereiten, denn ich verstehe nur wenig vom Haushalt und koche nicht gerne. Hätten Sie gern ein Steak?«

»Sehr gern.«

»Gott sei Dank. Wie hätten Sie es am liebsten?«

»Blutig bis medium, bitte.«

»Ich versuche es, kann aber für nichts garantieren ... Es ist eigenartig, aber als ich Vera erzählt habe, daß Sie heute abend herkommen, machte sie sich Sorgen, was ich Ihnen zu essen anbieten könnte, weil sie Sie für einen Vegetarier hielt. Der Himmel weiß warum. Dafür sind Sie viel zu nett.«

»Sind Vegetarier nicht nett?«

»Natürlich nicht. Es ist nur so, daß ich Vegetarier immer ein wenig vorsichtig behandle. Es ist noch gar nicht lange her, als Fenella beschloß, Vegetarierin zu werden, und sie machte allen das Leben zur Hölle, weil sie danach so schlecht gelaunt war. Vielleicht war es ihr Franzose, der sie dazu brachte, ihre Meinung zu ändern – wenn ja, dann gebührt ihm mein Dank.«

»Ihr Franzose?«

»Sie hat ihn bei irgendeiner Literatursache in London kennengelernt, das hat sie umgehauen. Irgend jemand hat Vera gewarnt, er sei ein übler Kerl – wie mich das an Tancred erinnerte! –, und hauptsächlich deswegen schlug sie einen Urlaub in Pellapuig vor. Sie hoffte, Fenella die Beziehung ausreden zu können.«

»Ist es ihr gelungen?«

»Fenella hätte sich vermutlich ohnehin geweigert – nur um schwierig zu sein –, irgendeine böse Behauptung über ihn zu glauben, doch als plötzlich Neil auftauchte und Vera ihm Geld gab, tat sie es extra.«

»Dann trifft Señora Dewar den Franzosen immer noch?«

»Vor ein paar Tagen haben Freunde Vera am Telefon erzählt, daß Fenella in Paris in einem Hotel wohnt. Vera, die ja immer optimistisch ist, rief sie dort an und versuchte, ihr ein wenig Verstand einzureden. Natürlich bekam sie als Dank nur die heftige Aufforderung zu hören, sie solle sich um ihre eigenen Angelegenheiten kümmern. Dann erzählte Fenella, sie würde ihn heiraten, in England alles verkaufen und in Frankreich leben.« Sie leerte den Inhalt ihres Glases. »Seitdem ist Vera in miserablem Zustand, aber wie ich immer sage, Fenella ist alt genug, um die Folgen ihrer Fehler selbst zu tragen ... Genug gejammert. Von jetzt an wird nur noch fröhlich geplaudert. Wie wäre es mit einem Drink, bevor ich das Essen hole?«

Er lehnte sich zurück, ein Glas Weinbrand in der wärmenden Handfläche, und starrte auf die dunkler werdende Landschaft, und er genoß das ungewöhnliche Gefühl innerer Zufriedenheit.

Sie brach das Schweigen. »Gilt eigentlich immer noch der medizinische Rat, eine Stunde zu warten, bevor man nach dem Essen schwimmen geht?«

»Ich fürchte, ich weiß es nicht.«

»Da wir keine Eile haben, gehen wir mal davon aus. Wenn wir dann ins Wasser gehen, ist es schon dunkel ... Warum schwimmen Sie nicht gern?«

»Als ich jünger war, gab es nur wenig Gelegenheit dazu.«

»War das Leben hart?«

»Meine Eltern mußten zu allen möglichen Zeiten auf dem Feld arbeiten, und sobald ich alt genug war und nicht zur Schule ging, mußte ich Ihnen helfen.«

»Leben Ihre Eltern noch?«

»Sind an gebrochenem Herzen gestorben, nachdem man sie um ihr Land betrogen hatte.«

»Wer hat sie betrogen?«

»Ein Ausländer, der den wahren Wert erkannte.«

»Sind Sie deswegen Polizist geworden?«

»Das habe ich mich oft gefragt, aber nie die Antwort gefunden«, sagte er langsam. Er zuckte die Achseln. »Vielleicht wissen wir niemals so genau, warum wir etwas tun.«

»Sie wissen also nicht, warum Sie nie geheiratet haben?«

»Ganz im Gegenteil«, antwortete er bitter.

»Es tut mir leid, das hätte ich nicht sagen sollen.«

Er dachte zurück und sah Juana-Maria lachen, ihre Augen funkelten vor Liebe, und sie war begierig, seine Frau zu werden, doch hatte sie auch ein wenig Angst, denn in jenen Tagen war die Ehe ein sagenumwobenes Geheimnis . . .

»Etwas Schreckliches ist passiert, nicht wahr?« fragte sie leise.

»Ein betrunkener Franzose hat meine Verlobte gegen eine Mauer gedrückt und getötet.«

»Sie . . . Sie müssen mich verfluchen, daß ich Sie so dumm daran erinnert habe.«

»Es ist schon lange her, und die Zeit heilt alle Wunden.«

»Das hoffe ich«, sagte sie leise.


Im Umkleideraum hing ein Spiegel an der Wand, der sein kalkweißes Fleisch in aller Häßlichkeit zeigte. Er straffte die Schultern und zog den Bauch ein, doch die Wirkung war nicht gerade durchschlagend. Er war dankbar, daß sie so gern im Dunkeln schwamm.

Er kam aus der Kabine und ging hinunter zum Pool. Er konnte ihren Kopf am tiefen Ende gerade so erkennen.

»Springen Sie hinein«, rief sie ihm zu.

Selten hatte er sich so für seine Ängste geschämt. Durch seine Beobachtungen wußte er, daß das Wasser schon dreißig Zentimeter unter der Poolkante lag, doch weil sie die Unterwasserbeleuchtung nicht eingeschaltet hatte und der Mond hinter einer bauschigen Wolke lag, würde er im Dunkeln fallen, und seine blühende Phantasie ließ alle Logik beiseite und sagte ihm, er würde ins Endlose fallen. Feige ging er zum anderen Ende des Pools und stieg über die Treppe ins warme Wasser.

Sie kam zu ihm geschwommen und stellte sich auf. »Wir schwimmen zwei Bahnen um die Wette.«

»Ich schwimme sehr langsam«, protestierte er.

»Ich wette, das sagen Sie nur, um sich einen unfairen Vorteil zu verschaffen. Fertig? Eins, zwei, drei, los.« Mit kräftigen Bewegungen schwamm sie los.

Er beherrschte nur schwerfälligstes Brustschwimmen. Sein Atem wurde kürzer, seine Arme müde, und sein Herz schlug immer schneller. Als er am tiefen Ende angekommen war, redete er sich ein, er könnte nicht weiterschwimmen. Doch weil er ihre Verachtung fürchtete, machte er kehrt und zwang sich weiter, bis er schließlich atemlos das andere flache Ende erreichte.

Sie kam durch das Wasser zu ihm. »Der Verlierer muß zwanzig Sekunden unter Wasser Kopfstand machen.«

»Ich bin ...« Er schluckte eine Entgegnung hinunter. »Zu alt für so was.« Er holte so tief Luft wie möglich und tauchte unter die Oberfläche. Als er mit den Händen den Boden berührte, rutschte er zur Seite und stieß gegen sie. Spuckend kam er an die Oberfläche und spürte den sanften Druck ihrer kaum verhüllten Brüste gegen seine Brust. Er erkannte, daß er verrückt war, legte seine Arme um sie und küßte sie leidenschaftlich. Einen Augenblick lang erwiderte sie seinen Kuß, dann zog sie sich zurück, und er durchlebte das bittere Gefühl von Zurückweisung.

»Noch nicht, Enrique«, murmelte sie.

Die Bitterkeit schwand. Sie hatte nicht wütend geklungen, nicht aufgebracht und auch nicht belustigt, sondern sanft, warmherzig, bittend, er möge geduldig sein – sie mußte sich ihrer eigenen Gefühle sicher sein, bevor sie sich den seinen hingab.

Alvarez ging in die Küche. »Was für ein herrlicher Tag! Kein Wölkchen am Himmel!«

Dolores mischte Eier und Mehl in einer Schüssel und antwortete säuerlich: »Hättest du im August etwa Schnee erwartet?« Ihr Rühren wurde heftiger. »Es gibt keine *Coca*, und ich hatte keine Zeit loszugehen und *Ensaimada* zu kaufen. Das Brot ist alt, aber vielleicht könnte man es toasten. Ich bin sehr beschäftigt, wenn du also Schokolade willst, mußt du sie dir selbst machen.«

»Falls du versuchst –«

»Ich versuche, Mittagessen zu machen, weil das meine Pflicht ist, nicht weil ich es will. Alle Frauen wissen, was Pflicht bedeutet, im Gegensatz zu Männern.«

»Gestern abend mußte ich –«

»Das ist für mich nicht von Bedeutung. Das Leben hat mich gelehrt, daß ein Mann sich an jeden Tisch setzt, auf dem das Essen steht, nach dem es ihn gelüstet.«

»Ich habe dir schon gesagt, daß es beruflich war.«

»Obwohl sie Ausländerin ist, gibt sie sich widerstrebend?«

»Verdammt noch mal –«

»Bitte fluch nicht in diesem Haus.«

Vorübergehend hatte sich der Tag bewölkt.

Das Telefon klingelte um Viertel nach elf am folgenden Montag. »Der Chef«, sagte die Sekretärin mit ihrer samtigen Stimme, »möchte Sie sprechen.«

Also ging es dem verrenkten Rücken besser und Salas war wieder arbeitsfähig . . .

»Wo zum Teufel ist Ihr Bericht?« wollte Salas wissen.

»Welcher Bericht, Señor?«

»Der Abschlußbericht im Fall Lewis. Ein Fall, der aufgrund fehlerhafter Handhabung die Abteilung so viele Peseten gekostet hat, daß ich Madrid alles im Detail erklären muß, wo man offensichtlich nicht glauben kann, daß die Inkompetenz eines einzigen Mannes dafür verantwortlich ist.«

»Ich konnte ihn Ihnen noch nicht schicken.«

»Warum zum Teufel nicht?«

»Weil ich erst jetzt meine Nachforschungen abschließen kann.«

»Gütiger Gott, Sie haben schon vor Wochen zugegeben, daß Sie einem Phantom hinterherjagen.«

»Ich glaube nicht, daß es so lange her ist, seit wir miteinander geredet haben, Señor. Und zwar habe ich entschieden, noch ein paar Tatsachen zu überprüfen, indem ich eine nicht betroffene Person befragte.«

»Und es kostet Ihre ganze Zeit, eine einzige Person zu befragen?«

»Ich mußte sehr subtil vorgehen.«

»Jetzt ist wohl kaum Zeit für Späße.«

Es folgte eine Pause. Dann sprach Salas weiter. »Und? Was haben Sie durch Ihre ›subtile‹ Befragung herausgefunden?«

»Daß die Tatsachen so, wie ich sie ermittelt hatte, korrekt sind.«

»Mit anderen Worten, die ganze Ermittlung war reine Zeit- und Geldverschwendung.«

»Das würde ich nicht sagen.«

»Natürlich nicht. Wie auch immer, versuchen Sie nicht, in Ihrem Bericht darüber hinwegzutäuschen. Ich will ihn morgen früh als erstes auf meinem Tisch liegen haben. Ist das klar?«

»Ja, Señor.«

Die Leitung wurde unterbrochen.

Alvarez sah auf seine Armbanduhr. Vor dem Mittagessen war keine Zeit mehr, einen vollen Bericht zu schreiben, und nach seiner Siesta wollte er sich mit Phoebe treffen. Die Lösung bestand also darin, eine kurze Zusammenfassung zu schicken, aber er war sicher, daß er daraufhin ärgerlich aufgefordert würde, ausführlicher zu berichten . . .

Er lehnte sich auf seinem Stuhl zurück, legte die Beine auf den Schreibtisch und stützte die Fersen auf der ungeöffneten Post ab. Für jeden Menschen war die Welt ein sich ständig verändernder Ort, doch für keinen mehr als für ihn. Vor einem Monat hatte ihm das Leben nichts Besonderes zu bieten gehabt, jetzt erschien ihm der Horizont vergoldet...

Das Telefon klingelte.

»Sind Sie das, Enrique?«

Die Stimme erkannte er nicht. »Am Apparat.«

»Emiliano hier. Wie sieht's aus bei Ihnen?«

»Könnte nicht besser sein.« Emiliano wer? »Von wo rufen Sie an? Aus Palma?«

»Das ist wohl ein schlechter Witz! Glauben Sie, wir hätten Urlaub? Ich bin in Bitges.«

Da machte es »klick« in seinem Kopf. Emiliano Calvo, der ihm geholfen hatte, Lewis' Aufenthalt nachzuvollziehen.

»Ich rufe eigentlich eher an, weil ich mir Hilfe erhoffe. Wir haben hier gerade einen Fall, bei dem wir nicht die geringste Spur haben, und da fiel mir Ihr Besuch ein, und ich habe mich gefragt, ob Ihre Ermittlungen durch einen glücklichen Zufall vielleicht etwas für uns bringen könnten... Vor ein paar Tagen hat ein deutsches Urlauberpaar ungefähr einen Kilometer vor der Küste beim Tauchen eine Leiche gefunden, die mit einem Betonblock beschwert war. Aufgrund des Zustands der Leiche ist es nicht möglich, sie so einfach zu identifizieren, und die Experten können nur sagen, daß es sich um eine Frau handelt, irgendwo zwischen fünfunddreißig und fünfundfünfzig, und daß der Tod vermutlich vor zwei bis sechs Monaten eingetreten ist. Wir haben alle Vermißtenkarteien in ganz Spanien überprüft, aber keine Frau im passenden Alter und mit der passenden Größe wird dort aufgeführt. Das heißt also, sie könnte Ausländerin sein, doch gibt es aus dem Ausland kein Ersuchen, nach einer solchen Frau zu suchen. Besteht die Chance, daß sie mit dem Mann zu tun haben könnte, dessen Spuren Sie zurückverfolgten?«

Es bestand sogar eine gute Chance, doch weil sich angesichts dieser Möglichkeit sein Herz zusammenzog, war er noch nicht bereit, es zuzugeben. »Im Augenblick kann ich mir das nicht vorstellen«, antwortete er heiser.

»Es war ohnehin eine ziemlich vage Vermutung!« Calvo wechselte das Thema und ließ sich weitschweifig und mit den übelsten Ausdrücken über Salas aus.

Als der Anrufer aufgelegt hatte, ließ sich Alvarez auf seinem Stuhl zurücksinken. Die Welt eines Mannes konnte durch einen einzigen Telefonanruf unwiderruflich aus den Fugen gerissen werden. Er versuchte verzweifelt sich davon zu überzeugen, daß seine Phantasie ihm einen Streich spielte, doch je mehr er es versuchte, desto überzeugter war er, daß dem nicht so war.

23

»Etwas Schlechtes hat noch nie zu etwas Gutem geführt«, sagte Dolores düster.

»Das heitert mich garantiert auf!« murmelte Alvarez. »Was erwartest du eigentlich? Daß das Flugzeug abstürzt?«

»Wie kannst du nur so dumm sein?«

»Wenn du solche Dinge sagst...«

»Was soll ich denn sagen, wenn du seit Tagen jede Minute mit dieser Frau verbringst, die nur halb so alt ist wie du, und jetzt nimmst du sie mit nach Paris?«

»Ich habe dir schon hundertmal gesagt, sie ist nicht halb so alt wie ich, ich nehme sie nirgendwo mit hin, ich fahre allein nach Paris, um zu arbeiten, und wenn es nach mir ginge, würde ich gar nicht fahren.«

Sie schnaubte laut.

»Du glaubst mir nicht?«

»Ich kann keine Wunder vollbringen.«

Er verließ das Haus, kletterte in seinen Wagen, legte den Gurt an und fuhr davon. Er fuhr aus dem Dorf hinaus über die Straße, die entlang des ausgetrockneten Flußbettes zur Straße nach Palma führte. Die Ampeln, die über die Kreuzung zum Sportzentrum wachten, waren auf Rot, und er hielt an. Einmal mehr ging er in Gedanken durch, was er getan hatte. Er hatte Calvo in Bitges angerufen und darum gebeten, daß ein Zahnbild der Toten zur Bestätigung ihrer Identität nach England geschickt wurde. Unter Salas' Namen hatte er mit der Police Judiciaire in Paris Kontakt aufgenommen und um ihre volle Mitarbeit gebeten, und dabei hatte er höchste Dringlichkeit als Grund dafür genannt, warum er nicht den üblichen bürokratischen Weg gehen könne. Er hatte ein Hotelzimmer in Paris gebucht, und weil er verzweifelt versuchte, die Wahrheit vor sich selbst zu verschleiern, die er doch eigentlich schon kannte, hatte er Phoebe erzählt, er könne sie an diesem Abend nicht wie verabredet sehen, weil er in Verbindung mit einem neuen Fall, der sich plötzlich ergeben habe, nach Paris reisen müsse ...

Die Ampel schaltete auf Grün, und er fuhr weiter. Lustlos fragte er sich, warum er der Wahrheit eigentlich nachjagte, wo er der einzige war, der sie aufdecken konnte. Bliebe sie unerkannt, würde er sich sehr viel Kummer ersparen. Doch schon, als er sich die Frage stellte, kannte er die Antwort.

Anfang September, wenn die Ferienzeit vorüber war, hatte Paris den eigenen Rhythmus wiedergefunden. Liebe – die Erregung der Liebe, die Erwartung von Liebe, die Illusion der Liebe, der Wahn der Liebe – war in die Straßen zurückgekehrt, in die Cafés, Restaurants, die Kinos und Theater. Die Bürger ergriffen jede Gelegenheit, sich selbst darzustellen, ganz besonders durch kurzangebundene Ruppigkeit gegenüber Ausländern.

»Ich verstehe nicht«, sagte Commissaire Pensec von der Police Judiciaire.

»Es tut mir leid, Monsieur. Ich fürchte, mein Französisch ist nicht sehr gut.« Alvarez wußte, daß er fließend sprach, doch sein Akzent klang nicht nach Paris.

Pensec deutete mit einem Wedeln seiner rechten Hand an, daß er ein toleranter Mann war.

»Am sechsundzwanzigsten des letzten Monats soll Madame Fenella Dewar in einem Hotel in dieser Stadt gewohnt haben. Ich muß sichergehen, daß dem wirklich so war.«

»Der Name des Hotels?«

»Das weiß ich leider nicht.«

»Erwarten Sie wirklich von uns, daß wir die Gästelisten aller Hotels in Paris überprüfen?«

»Mir ist klar, daß es viel Arbeit ist, aber hoffentlich ist es nicht umsonst. Ich kann mir vorstellen, daß Sie Ihre Akten schon lange per Computer führen – das machen selbst wir seit kurzem so.«

Damit deutete er an, daß er die natürliche Überlegenheit Frankreichs in allen Dingen anerkannte, und sicherte sich so Pensecs Kooperationsbereitschaft. »Wir helfen unseren Kollegen aus anderen Ländern gern, wo immer es möglich ist.«

Der Anruf kam am nächsten Morgen um halb zehn. »Inspektor Alvarez, aus Mallorca?«

»Das bin ich, Mademoiselle.« Die Anruferin klang so sehr nach Schulmeisterin, daß er an die Frau mit dem essigsauren Gesicht denken mußte, die versucht hatte, ihm die elementare Algebra beizubringen, ein Fach, gegen das er seitdem äußerste Abscheu verspürte.

»Man hat mich angewiesen, Sie davon in Kenntnis zu setzen, daß Mademoiselle Dewar drei Tage lang im Hôtel Les Colonnes in der Rue Fouleries gewohnt hat. Das liegt im achten Arrondissement. Wann wünschen Sie Ihre Befragungen durchzuführen?«

»Sofort, wenn es geht.«

»Wachtmeister Curien wird sich dort mit Ihnen treffen.«

Er verließ das Hotel, rief ein Taxi herbei und wurde in eine breite, von Bäumen gesäumte Straße gefahren, die gutbürgerliche Würde ausstrahlte. Passend zur Umgebung war das Hotel nur durch eine kleine Balustrade, ein Messingschild und einen Türsteher in Uniform kenntlich gemacht. Der Türsteher, der ein Trinkgeld auf den letzten Centime genau abschätzen konnte, machte sich nicht die Mühe, eine der beiden Glastüren für ihn zu öffnen. Das Foyer war elegant nach Designerart ausgestattet, mit getäfelter Rezeption, dicken Teppichen, lederbezogenen Stühlen, Stil-Tischen, Samtvorhängen und Gemälden, die sowohl im Stil als auch in der Ausführung neutral waren.

Alvarez ging hinüber zur Rezeption, hinter der zwei Männer in schwarzen Jacken standen. Einer von ihnen führte ihn zu einem jüngeren Mann, der Platz genommen hatte. Als Alvarez sich näherte, stand Curien auf.

»Monsieur Alvarez? Ich bin Pierre.«

Er hatte scharfe, aggressive Gesichtszüge, doch sein Auftreten war freundlich.

»Es freut mich, Sie kennenzulernen«, antwortete Alvarez förmlich.

»Ebenso ... Bevor wir anfangen, sollten Sie mich vielleicht ins Bild setzen.« Er setzte sich und wartete, bis Alvarez ebenfalls Platz genommen hatte. »Vom Boß weiß ich nur, daß Sie die Angestellten über eine englische Frau befragen wollen, die letzten Monat hier gewohnt hat. Was bezwecken Sie damit?«

»Ich will sicherstellen, daß sie diejenige war, die sie zu sein vorgab: Madame Fenella Dewar.«

»Nehmen Sie es mir nicht übel – schließlich ist Ihr Französisch tausendmal besser als mein Spanisch –, aber meinen Sie nicht eigentlich, daß Sie beweisen wollen, daß sie es nicht war?«

Nein. Es ist so, wie ich es sagte.«

»Jetzt haben Sie mich verwirrt.«

»Mein Vorgesetzter wäre darüber nicht überrascht.«

Curien grinste. »Klingt wie die Vorgesetzten, unter denen ich gelitten habe ... Okay, es geht also darum zu beweisen, daß sie diejenige war, die sie behauptete zu sein. Ich könnte mir vorstellen, daß Sie mit allen Angestellten sprechen wollen, die Kontakt mit Madame Dewar hatten?«

»Das ist richtig.«

»Und das heißt, Empfangsangestellte, Träger, Zimmermädchen, Angestellte des Restaurants – das Restaurant hier hat einen sehr guten Ruf. Falls sie eine vernünftige Frau ist, hat sie hier mehr als nur einmal diniert. Wir reden vom Ende des letzten Monats. Die Erinnerung sollte eigentlich so weit zurückreichen, aber es ist ein beliebtes Hotel, und daher gibt es immer wieder neue Gäste, also brauchen Sie wohl ein wenig Glück, um etwas Definitives herauszufinden.«

Sie sprachen mit dem stellvertretenden Hotelmanager, der ihnen einen kleinen Raum im hinteren Teil des Hotels anbot, offensichtlich ein überquellender Lagerraum mit Blick auf die zahlreichen Mülleimer, die in dem kleinen Hinterhof auf ihre Leerung warteten.

Der älteste der Empfangsangestellten hatte Madame Dewar eingecheckt. Natürlich hatte er nicht nur nach ihrem Paß gefragt und die Einzelheiten notiert, sondern auch diskret überprüft, daß sie die Person auf dem Foto war.

Der Türsteher konnte sich nicht an sie erinnern.

Einer der Träger sagte, sie habe ihm ein großzügiges Trinkgeld gegeben, aber an mehr konnte er sich nicht erinnern.

Das Zimmermädchen, das sich um Zimmer 41 kümmerte, war nicht mehr jung, aber nach ihrem Make-up und ihrem Benehmen zu urteilen, war ihr diese Tatsache entgangen. »Sie war allein hier. Gleich nach den Deutschen, die sich dauernd beschwert haben.«

»Können Sie sie beschreiben?«

»Warum wollen Sie das wissen?«

»Beantworten Sie einfach die Frage«, fuhr Curien sie an.

Sie betrachtete ihn mit heftigem Widerwillen.

»War sie elegant gekleidet?« gab Alvarez ein Stichwort.

»Sie war Engländerin.« Ihr Ton beschwor das Bild von schlechtsitzenden Twinsets herauf. Nachdem sie gedrängt wurde, ausführlicher zu antworten, erzählte sie, Madame Dewar habe qualitativ hochwertige Kleider getragen, aber sie wären ohne jeden Chic gewesen.

»Welche Farbe hatten ihre Haare?«

»Blond«, antwortete sie sofort. »Und mit dieser Gesichtsform hätte sie einen ganz anderen Schnitt nötig gehabt.« Sie erklärte warum. Offenbar war sie Expertin für Haarschnitte.

»Woran können Sie sich noch erinnern?«

Sie zuckte die Achseln. »Die Manager hier sind Sklaventreiber, also heißt es, arbeiten, arbeiten und keine Zeit, sich um die Gäste zu kümmern, es sei denn, sie haben schlechte Manieren oder beschweren sich ... Wenn Sie mehr wissen wollen, fragen Sie Héloïse – sie steht immer gern herum und hält ein Schwätzchen.«

»Warum sollte sie Madame Dewar kennengelernt haben?«

»Ich war in der Zeit mal krank. Ich kann es nicht sicher sagen, aber vielleicht hat sie Zimmer 41 saubergemacht, als die Engländerin noch da war ... Der Arzt sagte, ich sollte fünf Tage zu Hause bleiben, aber der Direktor wollte mich schon nach drei Tagen wieder zurückholen. Die würden uns noch nach unserem Tod schuften lassen, wenn sie könnten.«

»Dann haben die Gäste ja Glück, daß das nicht geht«, sagte Curien. »Suchen Sie Mademoiselle Héloïse und schicken Sie sie her.«

Als sie das Zimmer verlassen hatte, sagte Curien mitleidig: »Bislang hatten wir nicht viel Glück.«

»Ich erfahre schon genug.«

»Sie erstaunen mich! ... Aber falls das stimmt, bitte vergeben Sie mir, dann sind Sie darüber nicht sehr erfreut.«

»Ich hatte gehofft, nichts zu erfahren.«

»Jetzt verwirren Sie mich noch mehr! Eins weiß ich jedoch.

Sie müssen etwas aufgeheitert werden. Wann fliegen Sie nach Spanien zurück?«

»Mit dem nächsten Flug.«

»Mit Ihrer Einwilligung werde ich herausfinden, daß das erst morgen früh ist. Dann gehen wir heute abend ins Le Nouveau Petit Chou. Ich habe gehört, daß die Show alte Männer jung und junge Männer wahnsinnig macht. Falls ich mit –« Es klopfte an der Tür. »Herein«, rief er.

Eine junge Frau trat ins Zimmer und blieb unbehaglich im Türrahmen stehen. Mit ihrem runden Gesicht, der gesunden Farbe und der Uniform, die schlecht an einem stämmigen Körper saß, fehlte ihr jegliche Eleganz. Auf dem Land geboren und aufgewachsen, urteilte Alvarez sofort.

»Schließen Sie die Tür«, forderte Curien sie ungeduldig auf.

»Setzen Sie sich und machen Sie es sich bequem«, sagte Alvarez. Als sie saß, fuhr er fort. »Ich nehme an, Sie wissen, warum ich mit Ihnen reden will – wir hoffen, daß Sie uns etwas über einen Ihrer weiblichen Gäste sagen können.«

»Madame Dewar?« Alvarez' ruhige, freundliche Art, die in scharfem Kontrast zu Curiens Benehmen stand, hatte ihr Selbstvertrauen bereits wiederhergestellt. »Erinnern Sie sich an sie?«

Sie nickte.

»Erzählen Sie uns von ihr.«

Sie erzählte ausgesprochen detailliert, vieles davon war belanglos, und an einer Stelle hätte Curien sie gern ein wenig angetrieben, wenn Alvarez ihn nicht durch ein Kopfschütteln davon abgehalten hätte. Sie hatte sich um sieben Uhr zur Arbeit gemeldet und hatte gerade das Frühstück servieren wollen, als Jules ihr sagte, Madeleine habe sich krank gemeldet und sie müsse Madeleines Aufgaben zusammen mit Denise übernehmen. Das hatte zusätzliche Arbeit bedeutet, aber da man ihr mehr zahlte, war es ihr egal gewesen. Sie schickte so viel Geld wie möglich an ihren Vater, denn er war Invalide und die Sozialhilfe war alles andere als großzügig. Sie hatte ein Frühstück aus zwei Croissants und Kaffee auf Zimmer 41 gebracht. Madame Dewar hatte im Bett gelegen. Anders als andere Gäste war sie freundlich gewesen, und obwohl ihr Französisch schwer zu verstehen gewesen war, hatten sie sich eine Weile unterhalten. Madame Dewar hatte gefragt, woher sie käme, und sie hatte ihr erzählt, wie schwierig alles für ihren Vater sei ... Über dem Schlafanzug hatte Madame Dewar eine Art Kimono getragen ...

»Welche Farbe hatte ihr Haar?«

»Blond. Und es sah echt aus, denn es war an den Spitzen nicht dunkel. Zumindest konnte ich nichts sehen.«

»Haben Sie noch einmal mit ihr gesprochen?«

»Als ich das Frühstückstablett wieder abholte. Sie hatte sich angezogen und packte gerade, weil sie an dem Morgen abreiste.«

»Wie war sie angezogen?«

»Nett, aber nicht elegant, falls Sie verstehen, was ich meine. Nicht wie die Dame nebenan, mit einem Mann, der vielleicht nicht ihr Mann war. Als Madeleine wieder zur Arbeit kam, sagte sie, daß diese Dame wirklich Stil hätte, aber wo ich herkomme, sagt man zu einer, die sich so anzieht, nicht elegant, sondern sie ist eine ... aber egal.«

»Als Sie das Tablett abholten, war das das letzte Mal, daß Sie Madame Dewar sahen?«

»Das ist richtig. Als ich später in das Zimmer ging, um aufzuräumen, war sie fort.« Sie zögerte, bevor sie weitersprach. »Ich weiß nicht, warum Sie das fragen oder was passiert ist, Monsieur, aber sie wirkte wie eine wirklich nette Dame.«

»Sie glauben nicht, daß sie Ihnen etwas vorgemacht hat?« Alvarez' Stimme klang plötzlich bitter.

»Ich ... ich verstehe nicht«, sagte sie unbehaglich.

»Es ist nicht so wichtig.« Es ärgerte ihn, daß er für einen kurzen Augenblick seine innersten Gefühle herausgelassen hatte.

»Wenn sie nicht wirklich nett gewesen wäre, hätte sie mir nicht den Zettel hinterlassen.«

»Welchen Zettel?«

»Auf dem sie schrieb, sie hinterließe mir ein Geschenk, damit ich meinem Vater etwas Schönes kaufen könnte, um ihm eine Freude zu machen. Es gibt nur sehr wenige, die so was tun, das sage ich Ihnen!«

»Was für ein Geschenk?«

»Ein wenig Geld.«

»Wieviel?«

Sie zuckte die Achseln, und ihr Gesicht wurde ausdruckslos.

»Also, wieviel war es?« wollte Curien wissen.

Sie antwortete nicht.

»Ich nehme an, Sie müssen alle Trinkgelder in einen großen Topf werfen?«

»Das ist belanglos«, sagte Alvarez. »Und wenn sie es speziell für ihren Vater bekommen hat, ist es nicht zum Teilen gedacht.« Er drehte sich um. »Vielen Dank, Mademoiselle. Und ich hoffe, das Geschenk hat Ihrem Vater Freude gemacht.«

Sie schenkte ihm ein kurzes dankbares Lächeln und ging.

»Das war die letzte der Angestellten«, sagte Curien.

Alvarez nickte.

»Und war sie Madame Dewar?«

»Zweifellos«, sagte er traurig.

»Soll ich dann alles für einen Abend im Le Nouveau Petit Chou arrangieren?«

Er dachte, daß es seiner gegenwärtigen Stimmung besser entsprochen hätte, eine Nacht auf einem Nagelbett zu verbringen, doch akzeptierte er Curiens Vorschlag als den vernünftigeren.

24

Die Stewardeß brachte ihm einen zweiten Weinbrand, und er war sicher, daß sie abzuschätzen versuchte, ob er noch Schwierigkeiten machen würde. Da hätte sie sich keine Sorgen zu machen brauchen. Wenn ein Mann trank, um zu vergessen, erinnerte er sich. Wenn er trank, um Kummer zu überwinden, wurde der Schmerz größer.

Wie ging das Sprichwort noch? Ein verliebter Mann wurde immer betrogen, entweder von seiner Geliebten oder von sich selbst. Jetzt fiel ihm wieder ein, wie er sich Sorgen um die Doppelzüngigkeit gemacht und sich benahe davor gedrückt hatte, Phoebe als unfreiwillige Quelle der Wahrheit zu benutzen. Wie sie insgeheim über ihn gelacht haben mußte ... Natürlich war er schon so dumm gewesen, bevor sie auf den Plan trat, um ihn vollends zum Narren zu machen. Als er erst einmal Erpressung als wahrscheinliches Motiv erkannt hatte, hätte ihm bewußt werden müssen, was auf dem Spiel stand – jeder Mann mit ausreichend Verstand hätte das erkannt ...

Clough – sympathisch, amüsant, schlau, ein Unternehmer, der gerade soviel Unmoral zur Schau stellte, daß es faszinierend, aber nicht alarmierend wirkte – hatte mit Erfolg sowohl den Frauen als auch dem Geld nachgestellt. Doch dann hatten ihn, wie so viele andere, verschiedene finanzielle Schwankungen ereilt, und er war zunehmend in Bedrängnis geraten. Die Banken, die stets nur zu gern bereit sind, jene auf dem Weg nach oben zu unterstützen und jene auf dem Weg nach unten noch zu treten, wurden immer fordernder und drohten damit, sein Geschäft in den Konkurs zu treiben. Beim Scheitern gesehen zu werden, war beinahe so schmerzlich wie das Scheitern selbst. Er hatte einen ausgetretenen Pfad eingeschlagen und eine Frau zum Heiraten gesucht, deren Anziehungskraft nicht in ihrem Aussehen oder ihren Gefühlen lag, sondern in ihrem Geld.

Es war eine lustlose Heirat gewesen, und er hatte weiterhin

Abenteuer bei anderen Frauen gesucht und gefunden. Eine Zeitlang hatte Vera nichts geahnt, denn sie war von Natur aus vertrauensselig. Er hatte noch mehr Land kaufen wollen, überzeugt, daß er damit aus seinen finanziellen Schwierigkeiten herauskommen würde, und sie hatte eingewilligt, die Sicherheiten zu stellen. Dann hatte sie erfahren, daß er mit anderen Frauen herummachte und hatte ihre Einwilligung zurückgezogen, nur um auf seine Unschuldsbeteuerungen hereinzufallen und erneut einzuwilligen...

Zu diesem Zeitpunkt wurde der Verlauf der Ereignisse unsicher. Hatte er eine Affäre, die ihn auf die Idee zu einem Mord brachte? Oder hatte er schon länger darüber nachgedacht, wenn auch eher als Tagtraum denn als echte Möglichkeit? Hatte er eine Affäre mit Fenella gehabt, die so ähnlich aussah, doch ein so ganz anderes Wesen hatte, weil sie Veras Schwester war und ihm somit eine perverse Befriedigung verschaffte? Oder hatte er, nachdem er sich zum Mord entschlossen hatte, einen Plan geschmiedet, in dem Fenella eine größere Rolle spielen sollte, und hatte er sie dann mit all seinem Charme und seiner Gerissenheit überredet, dabei mitzumachen?

Wobei Fenella gar nicht so schwer zu überreden gewesen sein dürfte.

Das Leben war nicht sehr freundlich zu ihr gewesen, während es für ihre Schwester immer süßer geworden war (in ihrer Welt gab es Ehemänner im Überfluß). Außerdem war Vera immer bereit zu helfen, und nur wenig führte zu größerem Haß, als das Gefühl, jemandem verpflichtet zu sein, auf den man außerordentlich eifersüchtig war. Als Clough also einen Schachzug vorschlug, der ihnen beiden zum Vorteil gereichen würde, hatte sie die Idee nicht voller Entsetzen zurückgewiesen, sondern zugestimmt.

Clough hatte das größte Problem eines Mordes erkannt – was sollte er mit der Leiche machen? Sowohl das Vorhandensein als auch das Fehlen einer Leiche kam einer Stimme aus dem Grabe nahe. Welchen sicheren Weg gab es also, als so zu tun, als habe es keinen Mord gegeben? Die beiden Schwestern sahen sich sehr ähnlich, abgesehen von der Haarfarbe, und waren charakterlich sehr unterschiedlich. Haare konnte man färben und schneiden, einen falschen Charakter konnte man vorspielen. Niemand würde sich fragen, was mit Fenella geschehen war, wenn sie überall erzählte, daß sie sich in einen Franzosen verliebt hätte und mit ihm in Frankreich leben würde. Natürlich würden sich alle, die Vera einigermaßen gut kannten, nicht lange von Fenella täuschen lassen, also müßten Clough und Fenella im Ausland leben und den Kontakt zu Veras Freunden auf Briefe oder Telefongespräche beschränken, die immer seltener würden. Sollte einer von ihnen sie besuchen wollen, würde man so lange gute Ausreden finden, bis die fragliche Person akzeptierte, daß Vera ein neues Leben begonnen hatte und das alte nicht aufrechtzuerhalten wünschte. Ihre finanziellen Mittel würden ins Ausland transferiert, und da die Berater ja von Anfang an mit Fenella sprachen, würde niemand ihre Autorität in Frage stellen.

Falls der Mord im Ausland stattfand, standen die Chancen, die Identität zu wechseln, eindeutig besser. Das Haus in Pellapuig war nahezu perfekt für den Mord – man konnte es nicht von außen einsehen, und die Klippen waren hoch genug, so daß Vera ganz sicher auf den Felsen darunter zu Tode kam ... Vielleicht hatte Clough erst an dieser Stelle ein Problem erkannt. Im Mittelmeer gab es so gut wie keine Tide und nur wenig starke Strömungen, so daß Veras Leiche, wenn sie dort liegenblieb, höchstwahrscheinlich entdeckt würde, bevor die Verwesung eine Identifizierung unmöglich machte. Sie mußte ins Meer hinausgezogen, mit Gewichten beschwert und versenkt werden. Das konnte er natürlich tun, doch da das Schicksal einem so oft einen Streich spielte, mußte er berücksichtigen, daß er möglicherweise beweisen mußte, nicht in der Nähe seiner Frau gewesen zu sein, als sie zu seinem großen Vorteil starb. Dadurch entstand ein weiteres Problem.

Der angeheuerte Komplize könnte, nachdem er die Leiche losgeworden war, versuchen, ihn zu erpressen. In diesem Fall würde man ihn bezahlen müssen, während man Pläne für seinen Mord schmiedete ...

Fenella hatte das Haus in Pellapuig gemietet. Es war geplant, daß Clough, stets der Ehemann, dort ein paar Tage mit Vera verbringen sollte, doch als er ankam, war Vera nicht da. Während er und Fenella allein waren, machte er den Fehler, mit ihr das Bett zu teilen, vermutlich auf ihr Drängen hin, ohne daran zu denken, daß das Hausmädchen intelligent genug sein könnte zu merken, was da vor sich ging ...

Fenella hatte ihre Schwester mit heuchlerischer Zuneigung empfangen. Vera war sicherlich so dankbar dafür gewesen, daß ihr nicht in den Sinn gekommen war, sich darüber zu wundern, was Fenellas Bekehrung bewirkt hatte. Ihr Glaube daran, daß das Gute schließlich doch über das Böse siegte, machte sie zu einem natürlichen Opfer.

Eines Abends nach Einbruch der Dunkelheit hatte Fenella den Drink, den sie Vera gab, mit einem Betäubungsmittel versetzt, und schon bald war Vera ohnmächtig geworden. Es mußte sehr schwer für Fenella gewesen sein, Vera aus dem Stuhl zu zerren, zum Geländer auf dem Innenhof zu schleppen und sie hinüberzuwerfen. Hatte die körperliche Anstrengung dazu beigetragen, daß sie aus ihrem Verstand ausblenden konnte, was sie da tat? Oder hatten Haß und Eifersucht schon lange zuvor dem letzten Funken von Gewissen den Garaus gemacht? Lewis hatte gewartet, vermutlich in einem Schlauchboot, und war hinaus aufs Meer gefahren, hatte die Leiche beschwert und ins Wasser geworfen.

Wie Clough vorhergesehen hatte, entschied Lewis, daß er nun einen Freifahrtschein für ein leichtes Leben in die Hand bekommen hatte. Als Anhänger traditioneller Ideen hatte er vermutlich versprochen, daß die eine Million Peseten, die er als Preis dafür, daß er den Mund hielt, die erste und letzte Zahlung sein würden. Clough hatte schweigend zugestimmt.

Lewis' Tod sollte ein »Unfall« sein. Das wurde um so leichter gemacht, als er sich extravagant eine Motorjacht gechartert hatte, um Frauen abschleppen zu können. Jedes Jahr fielen Menschen über Bord und ertranken, oft waren sie dabei betrunken. Ein solcher Tod erregte selten auch nur den leisesten Zweifel. Clough beobachtete und wartete. Er sah, wie Lewis und Sheard Kirsty und Cara aufgabelten und in einem Café saßen, war schnell an Bord der *Aventura* gegangen und hatte das Betäubungsmittel in die volle Whiskyflasche gegossen. Als sie aus dem Hafen gesegelt waren, war er ihnen in seinem eigenen Boot gefolgt und hatte ganz in ihrer Nähe geankert. Als an Bord der *Aventura* alles ruhig war, schwamm er hinüber, ging an Bord und hatte keine Ahnung, daß Kirsty nicht völlig bewußtlos war. Er tauschte die Flaschen und Gläser aus, schubste Lewis über die Reling und verletzte ihn dabei, dann hielt er Lewis unter Wasser, bis er ertrank.

Sheard hatte er nicht beachtet. In jedem Touristenzentrum am Mittelmeer gab es Männer wie Sheard, gerissene, unmoralische Männer, die so wenig arbeiteten wie möglich. Sheard war vermutlich selbst überrascht, als er sich mit Lewis anfreundete. Wenn ja, hatte er es vermutlich als Extrabelohnung betrachtet, als Lewis plötzlich jede Menge Geld hatte, denn Instinkt, Erfahrung und gesunder Menschenverstand sagten ihm, daß dieser Reichtum auf irgendeine Weise illegal und daher auch für ihn eine Einkommensquelle sein mußte. Irgendwann hatte er erfahren, daß Lewis mit Clough in Kontakt stand – vielleicht als Kirsty ihn über Larry hatte reden hören –, und nach Lewis' Tod hatte er aus seinem Wissen Profit schlagen wollen. Da er im Grunde ein ganz dummer Mann war, hatte er nicht erkannt, daß er sich dadurch zum leichten Opfer eines weiteren »Unfalls« machte.

Schuldgefühle konnten selbst in dem selbstbewußtesten Mann Angst vor Gefahren hervorrufen, wo eigentlich keine drohten. Eine lässig hingeworfene Bemerkung konnte eine Bedeutung annehmen, die der Sprecher gar nicht beabsichtigte, ein Witz konnte zu einer Drohung werden, Schweigen eine Anschuldigung. Als die Nachforschungen über Lewis' und später Sheards Tod weitergingen, hatte Clough Angst bekommen, daß ein Stückchen von der Wahrheit gelüftet werden könnte, ganz gleich, wie inkompetent der Ermittler auch sein mochte. Also hatte er beschlossen, daß er dieser Gefahr am besten entgehen könne, wenn er jemanden engagierte, der anscheinend ohne Arglist alles bestätigte, was er sagte...Jeder Mann konnte seinen Verstand an Frauen und Wein verlieren. Der Glückliche verlor ihn nur an den Wein. Phoebe hatte jede Pesete oder jedes Pfund des Betrages verdient, den man ihr bezahlt hatte. Mit professioneller Fertigkeit hatte sie seine Gefühle erobert und damit sichergestellt, daß sie ihm die Lügen servierte, für die Clough sie bezahlte, während Alvarez sie verschämt so befragte, daß sie es nicht merken sollte...

Ein heftiger Stoß schleuderte ihn aus seinen Gedanken zurück in die Gegenwart, und er merkte, daß sie gelandet waren. Es war eine angemessene Ironie, daß seine bittern Gedanken ihn vom Grauen der Landung abgelenkt hatten.

25

Dolores nahm Alvarez in den Arm. Schließlich ließ sie ihn wieder los. »Wie geht es dir?«

»Ganz gut.«

Jaime stand neben ihr im Vorderzimmer. »Sie hat sich die ganze Zeit nur Sorgen um dich gemacht. Weiß gar nicht wieso!«

»Weil du nur an dich denken kannst«, fuhr sie ihn an. »Ich habe *Llom amb col* zum Abendessen gekocht«, sagte sie zu Alvarez.

»Das ist großartig«, antwortete er lustlos. Er hob seinen Koffer auf. »Ich gehe hinauf und packe aus.«

»Laß mal. Trink etwas zur Feier deiner Heimkehr.«

»Und noch einen zur Feier deiner Rückkehr«, schlug Jaime vor.

Sie wirbelte herum. »Kannst du eigentlich nur Unsinn reden?«

»Warum meckerst du eigentlich dauernd an mir rum?«

»Weil du merken solltest, daß Enrique viel zu erschöpft ist, um sich diesen Unsinn anzuhören.«

»Erschöpft, ja? Hat im lustigen *Parii* wohl zu viel Spaß gehabt!«

Sie stieß einen wütenden Laut aus und ging zur inneren Tür, doch blieb sie noch einmal stehen. »Bevor ich es vergesse. Da war ein Anruf aus Palma. Du sollst so bald wie möglich zurückrufen.«

Das Leben, dachte Alvarez, trampelte nur zu gern mit Nagelschuhen auf einem Mann herum, der ohnehin schon am Boden lag. »Wie hat der Chef geklungen – noch schlimmer als sonst?«

»Es war nicht er, sondern jemand mit Namen Amengual aus dem gerichtsmedizinischen Institut. Du kannst ihn jetzt anrufen, es dauert noch, bis das Essen auf dem Tisch steht.«

Er starrte das Telefon an. Warum sollte er in Palma anrufen, nur um zu erfahren, was er ohnehin schon wußte – daß er ein ganz großer Narr gewesen war? Wie auch immer, er wählte die Nummer des Instituts und fragte nach Amengual.

»Wir haben Nachricht aus England. Sie konnten Señora Cloughs Zahnarzt ausfindig machen, der für einen Vergleich bereit war. Keine Übereinstimmung.«

Das ergab für ihn keinen Sinn. »Aber es muß!«

»Sie sagen nein.«

»Dann haben sie einen Fehler gemacht.«

»Dafür ist der Bericht zu eindeutig.«

Wenn die Tote nicht Vera Clough war, dann war sie ein unbekanntes Opfer, und das hieß, seine gesamte Rekonstruktion der Ereignisse auf der Insel und in Pellapuig zerfiel zu Staub.

Señora Clough ging es gut, und sie lebte zufrieden in Son Preda. Phoebe war nicht dafür bezahlt worden, ihn mit Lügen zu füttern. Und als sie »noch nicht« murmelte, hatte er die Wahrheit hinter ihren Worten geahnt. Plötzlich war das ganze Zimmer mit Sonne erfüllt, obwohl es gen Norden zeigte.

Als er den Hörer auflegte, lachte er. Die Freude, nicht recht zu haben. Das Vergnügen, sich als inkompetent herausgestellt zu haben! . . . Weil er Phoebe für ein Miststück gehalten hatte, hatte er ihr nichts aus Paris mitgebracht. Jetzt, wo er sicher sein konnte, daß sie nicht so war, wurde es dringend notwendig, ihr ein Geschenk mitzubringen. (Schuldbewußt akzeptierte er, daß er zum Teil damit auch sein Gewissen beruhigen wollte.) Dann sollte sie das bekommen, was er für Dolores vorgesehen hatte und für Dolores würde er sich noch etwas einfallen lassen . . .

Er pfiff eine Melodie, als er ins Eßzimmer ging.

»Was ist denn mit dir los?« fragte Jaime.

Alvarez goß sich einen Drink ein und erhob das Glas. »Heute abend trinke ich mit den Göttern.«

»Wenn du mich fragst, hast du das auf der ganzen Rückreise getan.«

Alvarez lachte, pfiff ein paar Noten aus »Viva España« und trank.

Er stieg aus dem Auto, ging hinüber zur Eingangstür von Son Preda und entlockte dem Türklopfer einen lauten Widerhall. In seiner rechten Hosentasche steckte eine in Geschenkpapier verpackte Miniaturausgabe des Eiffelturms in Silber. Die hätte er für Phoebe zwar nicht ausgesucht, doch er konnte sicher sein, daß sie es in Ehren halten würde, weil er es ihr geschenkt hatte. Ein älteres Dienstmädchen öffnete die Tür.

»Ich möchte zu Señorita Owen«, sagte er.

»Sie ist nicht da.«

Es war schon spät, also würde sie bald zurück sein. »Ich werde warten.« Er trat ein.

»Ich sage dem Señor Bescheid.«

Während er wartete, stellte er sich vor, wie Phoebe zurückkam. Zuerst das Geräusch eines sich nähernden Autos, das Zuschlagen der Türen, das Knirschen ihrer Schritte auf dem Kies. Dann die Überraschung, wenn sie ihm gegenüberstand ...

Clough betrat die Halle. »Ich höre, daß Sie Phoebe sehen möchten?« Er gab sich kühl.

»Das ist richtig, Señor. Das Mädchen sagte, sie sei nicht hier. Ich nehme an, es wird nicht lange dauern, bis sie wiederkommt.«

»Sie ist in England.«

Die Enttäuschung kam ohne Verzögerung und war bitter. »Wann ist sie abgereist?«

»Am Wochenende.«

»Wohin ist sie gefahren?«

»Wie ich schon sagte, nach England.«

»Ja, natürlich, aber ich meinte, wohin in England? Vielleicht wären Sie so freundlich, mir ihre Telefonnummer zu geben?«

»Als sie abreiste, wußte sie noch nicht, wo sie wohnen würde.«

»Und wie kann ich mit ihr in Verbindung treten?«

»Ich habe keine Ahnung.«

»Hat sie keine Nachricht für mich hinterlassen?« fragte Alvarez verblüfft.

»Nein.«

»Sind Sie sicher?«

»Natürlich.«

Vera sah aus einem der Zimmer in die Halle. »Larry, sie hat dem Inspektor doch eine Nachricht hinterlassen.«

Er wirbelte herum.

»Sie bat mich, sie ihm zu geben, wenn er aus Paris zurück sei«, fuhr Vera fort.

»Ich habe ihr gesagt –« Abrupt hielt er inne.

»Ich hole sie Ihnen, Inspektor«, sagte sie. Sie verschwand in dem Zimmer, und Clough folgte ihr mit wütendem Gesicht.

Alvarez hörte ein Stimmengemurmel, das zu tief war, als daß er es hätte verstehen können, doch dem Tonfall zufolge war klar, daß sie sich heftig stritten. Nach einer Weile kehrte Vera mit hochrotem Kopf allein in die Halle zurück. Sie hielt ihm einen Umschlag hin.

»Ich hoffe . . .« Sie schüttelte den Kopf und beendete den Satz nicht.

Er dankte ihr, verabschiedete sich und ging hinaus. Er fuhr die unbefestigte Straße entlang, bis die Scheinwerfer die Asphaltstraße erfaßten, und hielt an. Er machte die Innenbeleuchtung an, öffnete den Umschlag und zog eine Seite heraus.

»Es tut mir furchtbar leid, daß es so enden muß, weil ich weiß, daß es Ihnen weh tun wird, und Sie haben mir erzählt, wie sehr das Leben Sie schon verletzt hat. Versuchen Sie, die schöne Zeit in Erinnerung zu behalten, die wir gemeinsam verbracht haben, nicht das Ende. P.«

Keine Adresse. Keine Andeutung einer Zukunft. Alles nur allzu deutlich, ein letztes Lebewohl. Sie hatte so recht gehabt. Er fühlte sich wie tot . . .

Er fuhr weiter zur Straße nach Hause. Sieben Minuten später hielt er den Wagen an, als verwirrende Gedanken in seinem Kopf herumzuspuken begannen. Ihre Nachricht war voller Zuneigung. Da konnte es keinen Zweifel geben. Wenn sie Zuneigung für ihn empfand, warum hatte sie dann nicht gewartet, bis sie ihm alles persönlich erklären konnte? Falls plötzlich bestimmte Umstände dies unmöglich gemacht hatten, warum hatte sie es dann nicht in ihrer Nachricht erklärt? Es kam ihm so vor, als habe sie die Zeilen in großer Eile geschrieben. Konnte das daran liegen, daß irgend jemand ihr befohlen hatte, schnell und unauffällig zu verschwinden, und daß sie keine Chance gehabt hatte, sich diesem Befehl zu widersetzen? . . . Cloughs Verhalten hatte deutlich gemacht, daß er nichts von der Nachricht wußte. Der gedämpfte, wütende Streit zwischen ihm und seiner Frau ließ darauf schließen, daß er verzweifelt versucht hatte, sie davon abzuhalten, den Brief an Alvarez auszuhändigen – sie, die wild entschlossen sein konnte, wenn es sein mußte, hatte darauf bestanden ...

Eine falsche Identität konnte man sicher erfolgreich annehmen, doch der wahre innere Charakter war sehr schwer zu verbergen. Was hatte er über den wahren Charakter der beiden Schwestern erfahren? Fenella – selbstsüchtig, reizbar, verzweifelt eifersüchtig. Vera – warmherzig, loyal, großzügig. Das Mädchen in der Villa in Pellapuig hatte in Veras Zimmer eine 20 000-Peseten-Note gefunden. Wartete man mit dem Trinkgeld bis kurz vor der Abreise? Es war vielleicht vorstellbar, daß jemand mit sehr schlechtem Gedächtnis dies tat, um es nicht zu vergessen, aber es gab keinen Hinweis darauf, daß Vera ein schlechtes Gedächtnis hatte ... In Paris hatte Fenella dem Zimmermädchen offenbar ein recht großes Geschenk gemacht, weil sie durch die Geschichte über die Krankheit des Vaters berührt gewesen war ...

Er wußte, daß er recht gehabt hatte ... bis er unrecht gehabt hatte.

Clough – verbittert und frustriert wie nie zuvor, weil seine Frau, als sie für kurze Zeit ihre Zusage als Bürgin zurückgezogen hatte, ganz deutlich gemacht hatte, daß sie, sollte sie jemals davon erfahren, daß er ihr untreu war, ihn aus ihrem luxuriösen Leben ausschließen würde – hatte beschlossen, sie zu ermorden und so an ihr Vermögen zu gelangen. Der Plan war ganz einfach gewesen. Vera sollte zu Tode gestürzt werden, Fenella sollte ihren Platz einnehmen. Doch Clough hatte nichts von den möglichen Nebenwirkungen des modifizierten Chloralhydrats gewußt und konnte Fenella daher nicht davor warnen. Als es so aussah, als sei Vera bewußtlos, zerrte Fenella sie an den Rand des Innenhofs. Genau da wurde Vera wild und schubste Fenella dabei aus Versehen, nicht absichtlich, über die Kante in den Tod, bevor sie bewußtlos zusammenbrach. Lewis hatte die Leiche aufgesammelt und gar nicht gemerkt, daß es die falsche war ...

Als Vera aus ihrer Bewußtlosigkeit erwachte und begriff, was geschehen war, geriet sie in Panik und rief verzweifelt ihren Mann an und flehte ihn um Hilfe an. Entsetzt hörte er, daß sie noch am Leben war, und mußte schreckliche Angst gehabt haben, daß sie ihn des Mordversuchs bezichtigen würde, doch dann wurde ihm klar, daß sie nichts ahnte und vor lauter Angst und Schuldgefühlen fast wahnsinnig wurde. Ironischerweise konnte das Scheitern seines Plans zur Erfüllung seiner Träume führen. Fenella hatte perfekt die Rolle einer Schwester gespielt, die sich gern aussöhnen wollte, und so konnte er der liebevolle Ehemann bleiben, der entschlossen war, seine Frau zu retten. Er redete Vera ein, daß sie offenbar eine Art Geistesstörung erlitten habe und daher nicht schuld war, doch in einem fremden Land könne es schwierig werden, vor dem Gesetz ihre Unschuld zu beweisen. Da Fenella jedoch ins Meer gefallen war, schien es unwahrscheinlich, daß sie je gefunden würde. Und wenn doch, könne man sie nicht identifizieren, da niemand wußte, daß Fenella vermißt wurde (dank der Vorkehrungen für Veras Ermordung, was er natürlich nicht aussprach ...)

Entsetzt und gequält von Gewissensbissen und Reue war Vera Wachs in seinen Händen, und sie brauchte seinen ständigen Zuspruch, daß sie keine Schuld am Tod ihrer Schwester traf, und so war sie davon überzeugt, daß sie genau das tun mußte, was er sagte, weil er versuchte, sie zu retten. Sie hatte zugelassen, daß sie nichts davon in Frage stellte. Was er auch sagte, es war die Wahrheit. Es war auch möglich, daß sie auf eine masochistische Art dankbar dafür war, ihren gesunden Menschenverstand im Keim ersticken zu können ... Und als er ihr sagte, sie solle nach Paris reisen, um die Lüge zu festigen, hatte sie diese Reise lediglich als Mittel zur Selberhaltung gesehen ...

Als die Ermittlungen sich weiter hinzogen, fragte Clough sich allmählich nervös, ob der kleine wichtigtuerische mallorquinische Inspektor möglicherweise über etwas Belastendes stolpern könnte. (Wäre er auch so nervös geworden, wenn er gewußt hätte, wie lange es gedauert hatte, bis der Inspektor begriffen hatte, welche Bedeutung die fehlenden Spuren in den Gläsern und der Flasche auf der *Aventura* hatten?) Also hatte er Phoebe dafür bezahlt, daß sie auf die Insel kam, um seine Beweise unauffällig zu untermauern, damit er garantiert keinen Verdacht erregte, und er hatte Vera gezwungen, sich in Paris als Fenella auszugeben, so daß, ganz gleich was geschah, niemand Fenellas Tod im Juni vermutete. Es wäre ein Meisterstück gewesen, wäre Fenellas Leiche nicht von den Tauchern entdeckt worden. Selbst damals hatte er, Alvarez, geglaubt, daß die Frau, die in Paris gewohnt hatte, Fenella gewesen sei – bis Clough den Fehler machte, Phoebe nach Hause zu schicken (vielleicht aus Sorge, daß sie allzu viele Gefühle zeigen könnte?), und zwar so plötzlich, daß sie eine Nachricht geschrieben hatte, um die schroffe Gefühllosigkeit ihrer stillschweigenden Abreise zu mildern. Und wäre Vera nicht so sentimental gewesen, daß sie sich weigerte, Cloughs Befehl Folge zu leisten und die Nachricht zu zerreißen ...

Alvarez legte den ersten Gang ein und fuhr weiter. Er hatte Grund, stolz zu sein. Weil er letztlich die Wahrheit aufgedeckt hatte, konnte er Vera aus der Folter befreien, die man ihr auferlegt hatte. Er konnte außerdem sicherstellen, daß Clough nicht noch einmal die Gelegenheit bekam, ihre Ermordung zu planen und somit endgültig ihr Vermögen in die Finger zu bekommen. Doch welchen Preis mußte er persönlich für das alles zahlen?

Er betrat das Haus und ging direkt ins Eßzimmer, wo er eine Flasche Weinbrand und ein Glas aus dem Sideboard nahm. Er goß sich einen Drink ein und ging in die Küche, um Eis zu holen. Als er zurück ins Eßzimmer kam, stand Dolores, einen

Morgenmantel über einem spitzengefaßten Nachthemd, in der anderen Tür. »Mußt du noch mehr runterkippen?« fragte sie wütend.

»Ja.«

Jetzt sah sie ihn besorgt an. »Als du gegangen bist, dachte ich...« Sie hielt inne.

»So war es auch.«

Sie setzte sich auf einen Stuhl. »Es war so wunderbar, dich lächeln zu sehen und pfeifen und singen zu hören... Ich brauche etwas zu trinken.«

Er ging wieder in die Küche, um Wasser zu holen, holte ein Glas aus dem Sideboard, schenkte ihr großzügig Weinbrand ein, fügte Wasser und Eis hinzu und reichte ihr den Drink. Sie leerte es in einem Zug und füllte noch einmal nach. Ganz langsam ließ der Schmerz nach. Durch diese Nachricht, die Phoebe trotz Cloughs gegenteiligem Befehl geschrieben hatte, ließ sie ihn wissen, daß ihre Gefühle anfänglich zwar gekauft gewesen sein mochten, daß sie jedoch schon bald zu einem willkommenen Geschenk geworden waren...

Von der Treppe rief jemand etwas. »Wo bist du? Was ist los?«

Jaime erschien in der Tür, mit zerzausten Haaren und nur in Pyjamahosen. »Also ich soll tot umfallen, wenn ihr beide hier nicht etwas zusammen begießt! Welch ein schöner Tag!«

Er eilte zum Sideboard hinüber, um sich ebenfalls ein Glas zu holen.

# Die Krone der «Queen of Crime»

540 Seiten / Paperback

Agatha Mary Clarissa Miller, geschiedene Christie, lebte ein ungemein interessantes, ereignisvolles Leben – reich an Situationen und Begegnungen.

Und so haben ihre Memoiren das, was echte Größe ausmacht: Lebendigkeit, farbige Dichte, Distanz, Beobachtungslust, Humor, den Blick für das Wesentliche einer Zeit und ihrer Menschen, Toleranz – und unglaublich viel Charme.

Scherz

# 15x HEISSES LESEVERGNÜGEN

**384 Seiten, Paperback**

Das Beste vom Besten –
und Bösen zugleich.
Literarische Leckerbissen für
Liebhaber exquisiter Crime-Stories.
Kein Sommertag ohne eines
dieser kleinen Feuerwerke voll Tempo,
Action und Spannung.

Scherz

# EIN LITERARISCHER GIFTCOCKTAIL

**384 Seiten, Paperback**

Ein Schlückchen in Ehren kann
niemand verwehren...
Weltberühmte Autoren verführen
auf unwiderstehliche Weise zu
einem letzten Drink – ein Feuerwerk
mörderischer Mixturen.